# 너의 이름만 들어도

가슴속에 종이 울린다

너의 이름만 들어도 가슴속에 종이 울린다
© 최돈선, 2013

**1판 1쇄 발행**_2013년 10월 30일
**1판 2쇄 발행**_2013년 11월 15일

**지은이**_최돈선
**그린이**_전수민
**펴낸이**_양정섭
**펴낸곳**_작가와비평
　　**등록**_제 2010-000013호
　　**주소**_경기도 광명시 하안로 180-14 우림필유 101-212
　　**블로그**_http://wekorea.tistory.com
　　**이메일**_mykorea01@naver.com

**공급처**_(주)글로벌콘텐츠출판그룹
　　**대　표**_홍정표
　　**디자인**_김미미
　　**편　집**_배소정 최민지 노경민
　　**기획·마케팅**_이용기
　　**경영지원**_안선영
　　**주　소**_서울특별시 강동구 천중로 196 정일빌딩 401호
　　**전　화**_02-488-3280
　　**팩　스**_02-488-3281
　　**홈페이지**_www.gcbook.co.kr

**값** 13,800원
ISBN 979-11-5592-097-8 03810

# 너의 이름만 들어도

가슴속에 종이 울린다

## 최돈선

스토리 에세이

작가와비평

머리에 드리는 말씀

이 글은 제 그리운 사람들에 대한 기록입니다.

제가 사랑하고 제가 한없이 사랑받던 사람들의 따뜻한 꿈의 일기입니다.

살아온 날보다 살아갈 날이 많은 사람도 있고

살아온 날보다 살아갈 날이 적은 사람도 있지만

우리 모두는 제 삶의 궤적을 따라 저절로 흘러갑니다.

사랑하는 사람아

이렇게 첫 머리를 쓰고 오래오래 편지를 쓰지 못하는

시간들이 있습니다.

멀리 있으나 가까이 있고 가까이 있으나 먼 사람들의 이야기가

여기 눈처럼 담겨 있습니다.

천 년의 메아리로 담겨 있습니다.

2013년 가을에

최돈선

목차

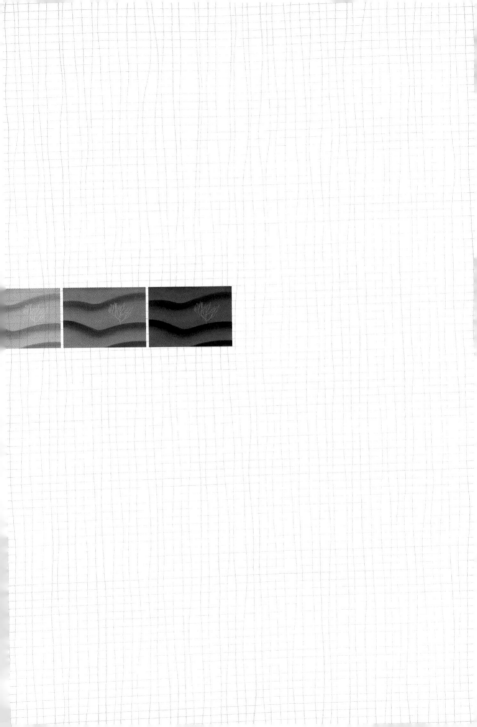

제1부

아름다운 이름을 부른다

## 지친 나무에게

　　오랜 불면의 밤이었다.

눈이 그치고 바람이 불었다. 하늘은 흐려서 별이 보이지 않았다. 다행이다. 만약 별이 보였더라면 가슴이 더 아팠을 것이다.

마지막 담배를 피우고 나는 내 마음에 켜져 있던 별을 껐다. 그리고 나는 한 그루 지친 나무를 생각했다. 그 나무는 너무 여위어서 몸을 가눌 수조차 없을 지경이었다. 그 나무는 자신의 뿌리를 다른 곳으로 옮기고 싶어 했다. 하지만 단 한 걸음도 옮길 수 없음을 알았을 때 마음 아파하고 슬퍼했다. 자신의 몸 끝에 살아 숨 쉬던 이파리들을 다 떨어낸 뒤 그 나무는 냉혹한 바람결에서 울었다. 자신이 떨어냈던 나뭇잎들은 자신의 뿌리를 덮지도 못한 채 바람의 손에 의해 쓸려가 버렸다.

그 지친 나무의 빈 가지 하나가 내 늙은 어깨를 건드려 왔다. 나는 아무것도 할 수 없는 쓸모없는 나무였다. 그에게 어떤 위로조차 해줄 수 없는 죽어가는 나무였다. 나는 우울한 나무였고 못난 나무였다. 그런데 그 지친 나무가 자신의 가지를 내 어깨에 기대어 왔다.

그 가지엔 숱한 생채기들이 잔뿌리처럼 그어져 있었다. 나는 그 나무의 생채기를 어루만져주고 싶었다. 그러나 그러지를 못했다. 나는 차마 그 나무의 생채기를 어루만질 수 없었다. 만지면 그 생채기들이 더 깊은 상처의 강으로 흐를 것만 같아서였다. 또한 나 자신이 깊은 상처의 밤을 견뎌낼 수 있을 것 같지 않았다.

그래서 나는 나 자신의 비겁함을 감춘 채 그 상처를 어루만져주지 못했다. 다만 혼자서 견디라고, 모두가 혼자이니까 혼자서 걸어갈 수밖에 없노라고 얼버무렸을 뿐이었다. 그 나무는 지쳐 있었고, 그 나무는 절실히 무엇인가를 그리워하고 있었는데, 내가 해줄 수 있는 방법은 아무것도 없었다.

나도 우울한 나무란다, 나도 슬프단다. 이렇게 말해줄 수 없었다. 서로의 몸을 비비고 서로의 상처를 어루만지고 서로의 아픔을 토닥이면서 울 수 없었다. 늙은 나무는 수피가 마른 갈라진 틈으로 몇 번 기침을 했다. 지친 나무여, 나는 미안하다.

하지만 나는 네게 이 말 한 마디는 해
줄 수 있다. 늙어가는 나무로서, 네가 살아
야 할 날들을 이미 살아 버린 나무로서 나는
네게 이야기해줄 수 있다. 내 지나온 생 동안
나는 이 땅에 그늘을 지우며 살았다. 하지만
때로는 그 그늘로 하여 지친 여정을 잠시 쉬
어가는 나그네도 있었음을 기억한다. 나는
잎을 내어 경건히 빛을 받아들였고, 뿌리를
흙 속에 깊이 박아 신선한 물을 소중히 길어
올렸고, 바람이 살랑이면 내 초록이파리 흔
들어 바람에 악수했다. 그렇게 서로가 서로
를 스치면서 이별을 아쉬워했다. 그리고 다
음의 먼 날을 기약했다. 그러나 바람이 거세
어질 때면 나는 도무지 견딜 수가 없어 나는
나의 가지를 잔뜩 휘어선 잠시 내 몸을 활처
럼 굽혔음을 이해해 다오. 그건 비굴이 아니
었다. 굴종도 아니었고 수치 또한 아니었다.
그것은 내일을 위한 참음이었고 아픈 기다림
이었다. 때로는 내 가지가 부러지기도 했으나
나는 그 상처로 하여 더욱 강하게 내 몸을 견
디고 키워 왔다. 나는 나를 키우기 위해, 내

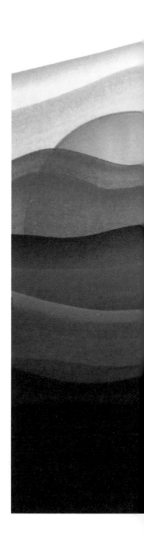

흙의 침묵 속에 더 깊이 뿌리를 박았다. 흔들리지 않는 것이 어디 있으랴. 살아가노라면 조금씩 모두들 흔들린다.

작은 나무여, 너에겐 해야 할 일들이 있다. 네겐, 초록 이 파리와 향기로운 꽃과 푸른 열매와 맑은 햇빛, 그리고 스치는 바람, 그리고 언젠가는 네게로 올 빗방울이 있다. 비록 지금은 지치고 여위어 있지만 네 나무의 영혼은 투명한 하늘로 뻗어 있다. 이 겨울을 잘 견디어만 낸다면 너는 곧 기운을 찾게 되리라. 희망의 한 끝을 놓지만 않는다면, 어디선가 바람결에 실려 온 나뭇잎들이 네 얼어붙은 뿌리를 덮어주리라.

수액의 봄이 오면, 땅에 몸을 누인 나는, 죽은 나무의 그루터기로 남아, 여위고 지친 한 나그네를 쉬게 하리라.
네 서늘한, 푸른 그늘 밑에서.
지나다 머무는 바람처럼 고요히 누워서.

## 의자

　　나의 공원엔 두 개의 의자가 나무에 기대어 있지. 하나는 니스 칠한 나무의자이고 하나는 플라스틱 의자이지. 그 두 의자는 서로 떨어져 있어서 서로 서로 곁눈질조차 하지 않아. 그게 너무 쓸쓸해보여 사진을 찍어두었는데 어느 날 절름발이 한 청년이 그 으슥한 의자 곁으로 가 오줌을 누더군. 의자는 그때 아무 말이 없었어. 오줌줄기에 이는 안개 같은 김이 나무그늘 아래서 모락모락 피어오르더군. 방랑의 김 서림… 기적을 울리며 어디론가 떠나는 기차굴뚝의 연기 같은. 난 그 청년이 바지 앞섶을 추스리며 나오는 장면을 내 눈동자의 슬라이드로 말끔히 찍었어. 그 청년은 날 힐끗 쳐다보더니 주춤주춤 건널목으로 걸어가 길을 건너더군. 근데 이상도 하여라. 또 한 영감이 내 곁을 스쳐서 저쪽

향나무에 기대앉은 나무의자 쪽으로 갔어. 그 영감도 바지 앞섶을 열고 오줌을 누었어. 거기 의자도 아무런 말이 없었어. 좀 더 리얼하게 항의 한 번 안 했어. 오줌줄기에선 또 다시 김이 피어오르고 나는 또 기차굴뚝의 하얀 입김을 생각했지. 그리고 영감은 나를 쳐다보지도 않고 공원 출입구를 향해 가더니 골목으로 사라졌어. 의자는 잠자코 나무에 기대어 하늘을 보는 듯했어. 니도 하늘을 쳐다보았지. 구름 한 자락 보이지 않았지. 튤립나무 가지 위로 한 떼의 박새들이 깨진 유리알처럼 흩어져 날아갔어. 난 잠시 생각했지. 저 고독한 의자에게 내가 해줄 수 있는 일이 무엇인가를. 난 그래서 거기 외로운 의자에게로 가 조용히 앉아봤지. 난 그때 알았어. 영감이 누고 간 오줌냄새가 이 의자에겐 얼마나 고마운 존재인가를. 얼마나 가슴 벅찬 흔적인가를. 나는 지린내를 조용히 맡으며 영감을 생각하고 절름발이 청년을 생각했지.

나는 의자에게 아무 말도 안 했어.
의자도 내게 아무 말도 하지 않았어. 그게 다야.

## 쥐와 자동차

나는 오늘 먼 미국 캔자스시티 주립병원에서 암 연구를 하는 최혜정 박사의 글을 읽었다. 그는 페북에서 내가 딸을 삼은 사람이다. 그는 자기 담벼락에 이렇게 썼다.

난 더 이상 쥐를 잡을 수 없을 것 같다. 어젯밤에 쥐떼들의 공격을 받았다. 눈을 부라리며 마구 달려들어서 머리끄덩이를 잡아당기고 툭 튀어나온 이빨로 옷을 찢어대고 다리를 물어 제 끼는 것이었다. 아무리 그 쥐떼거지들 속에서 헤어 나오려고 발 버둥을 쳐봐도 헛발질이었다.

아마도 그동안 내가 잡아댔던 쥐떼들은 다 모여든 것 같다. 사돈의 팔촌까지 모두 다….

하루 종일 온몸이 피멍으로 아프다. 오늘밤 꿈속에 또 찾아올까 봐 무섭다. 그 쥐들이 페북 친구들까지 데려오는 날엔 난 끝장이당! 하지만 난 내일 아침 일찍부터 동물실험이(쥐) 스케줄되어 있다. 어찌한담???

나는 이 글을 대하고 잠시 멍하니 생각에 잠겼다. 십오 년 전 나는 모 신문의 지면에 동화 한 편을 전면에 게재한 적이 있었 는데 제목이 〈바퀴를 찾아서〉였다. 바퀴 하나가 빠져나가 버린 장난감 자동차. 그 자동차는 자기의 잃어버린 바퀴를 찾기 위하 여 길을 떠났는데 어느 날 몹시도 마른 쥐 한 마리와 만나게 된 다. 대학병원 실험실에서 뛰쳐나온 그 쥐의 머리엔 커다란 혹이 불거져 있다. 암세포가 주입된 쥐다. 그 쥐는 살 날이 얼마 남지 않은 쥐였는데 자기 이름은 d286이라 말한다. 자동차와 쥐는 함 께 길을 떠난다. 세 발뿐인 바퀴를 가지고 덜덜덜 떠나는 여행은 위태롭고도 멀고, 아득하고도 고독하다.

이 동화를 나의 제자 박성호(동화작가)가 인형극으로 각 색하여 장기 공연을 했다. 올해 유월엔 중국 순회공연을 하고 돌 아왔다. 그런데 공교롭게도 나의 딸 혜정이가 그 쥐실험을 하는 당 사자라니 그저 망연할 수밖에 없었다. 혜정이는 이렇게 말했다.

쥐들도 맘고생이 여간 심하지 않을 거예요. 하루하루 사라지는 것들에 대해서. 자기도 곧 그렇게 되리라는 것에 대해서… 눈이 슬퍼 보일 때가 있어요.

아 나는 무슨 말을 해주어야 할지, 어떻게 이 사람을 위로해주어야 할지 도무지 아무것도 몰랐다. 그래서 혜정이의 동생 상선이에게 이렇게 부탁했다. 너의 맑은 음성으로 전화로나마 노래를 불러주렴. 그럼 혜정이의 꿈속에 쥐떼들이 나타나지 않을지도 모르잖니. 상선이는 그러겠다고 했다.

나는 쥐들이 생이 슬펐고, 나의 마음으로 키우는 딸 혜정이가 안쓰러워 슬펐다. 그 고운 마음이 너무 고와서 슬펐다. 인류가 지닌 암을 극복하기 위해 5년 동안 실험실에 박혀 온갖 스트레스를 받아왔을 혜정이. 생이란 구름 같은 것일까. 지금 내가 쓴 그 동화 속 자동차와 d286 쥐는 어찌 되었을까. 자동차는 잃어버린 바퀴를 찾았을까. 어느 사막의 오아시스. 차고 맑은 물 한 모금으로 갈증을 해소한 그 가여운 쥐는 과연 암덩어리가 말끔히 사라졌을까. 혜정이가 방금 전에 내게 양떼 그림을 보내왔다. 아주 작고 푸른 양떼이다.

파파를 위한 사진을 찾다가 그만 꾸~벅 졸았습니다. 눈을 떠 보니 푸른 양들이 초원에서 뛰어 놀고 있습니다. 참 이쁘지요? 염색한 양이 아니라 원래 푸른 색깔이라고 합니다.

아마 혜정인 자기 꿈속에 나타나는 쥐떼들을 모아 모두 푸른 양떼로 만들었나보다. 나는 무슨 이야기인가를 해야 할 듯 싶었다. 그가 내민 화해의 손길을 나는 이해했다. 가슴 깊이 혜정이를 이해했다. 고맙구나. 이런 푸른 양이 다 있다니…. 그래, 이 작고 푸른 양을 소재로 하여 동화 한 편 상상해봐야겠다. 잘 보게. 자네 꿈속에, 이 푸른 양떼가 하얀 구름을 몰고 초원의 언덕을 넘는 모습을. 자넨 그 작고 푸른 양떼의 님프이지, 라고 나는 댓글을 달아주었다. 과연 혜정이는 이런 나의 위로를 고마워할까. 모르겠다. 나는 그저 그렇게 말할 수밖엔 없었다.

퇴근하면 곧바로, 파파 저 이제 집에 왔어요. 밥 먹고 나니 계속 졸음이 와요. 페북 금지령이 내려 연구실 화장실에서 페북을 한다는 혜정이. 연구의 피로감이 쌓여 자다 깨다 잠을 설친다는 혜정이. 이제 잘래요. 파파의 하늘은 아침이겠군요. 건강하세요. 늘 메시지로 안부 인사를 건네는 혜정이에게 난 이렇게 말할 뿐이다. 그래 어여 자. 폭 자. 꿈도 없이….

# 로만틱 슈트라쎄

일 년 전만 해도 나는 외로웠다. 나는 그저 한 작은 도시의 변방시인일 뿐이었다. 그러던 어느 날 나는 지인의 권유로 우연히 페이스북을 하게 되었다.

많은 친구 분들을 만났다. 일면식도 없는 그들은 내게 언제나 따뜻하고 정겨웠다. 나는 외롭지 않았고 매일매일 행복했다. 아름다운 이야기를 나누면서 나는 그들이 간절히 그리워질 때면 가만히 입 속으로 친구들의 이름을 조심스럽게 불러보았다. 보고픈 마음이 사랑의 모스 부호처럼 멀리 가 그들에게 닿았던 것일까. 그럴 때면 웬일인지 가슴속으로 보랏빛 메아리가 밀려와서 나를 설레게 하곤 했다. 그런데 참으로 놀랍게도 그 그리움의 메아리들이 나를 찾아오기 시작했다. 우린 천 년의 천 년을 곱하고 또 곱한 인연으로 서로의 손을 맞잡았다.

나는 그런 인연 중에서도 세 사람의 아름다운 사람을 만났다. 혜정이, 상선이, 상미가 그들이었다. 이들은 나를 파파라고, 아버지라고 불렀다. 그리하여 나는 이들을 '마음으로 키우는 딸'로 삼았다.

얼마 전 상미가 3개월 일정으로 독일을 다녀왔다. 매해 상미는 DAAD(독일학술연구처) 초청으로 독일엘 간다. 상미는 다큐작가이면서 문화비평가인데 거기에서 상미는 짤막한 1분 50초짜리 드라마 한 편을 찍었다. 로만틱 슈트라쎄. 번역하면 낭만거리.

버스정류장에서 두 사람의 독일 여인과 한 사람의 독일 청년이 벤치에 앉아 뭔가 숙의를 한다. 바로 곁에는 날씬한 동양 여자 한 분이 앉아 있다. 독일 청년이 주춤주춤 다가가 멋쩍게 인사를 한다. 니하오! 아마 중국 사람인 줄 알았나보다. 그러자 그 여인은 벌떡 일어나, 나는 한국인입니다, 라고 말하며 냉랭하게 그 자리를 떠난다. 독일 여인 둘과 독일 청년의 실망스런 표정이 선명히 클로즈업된다.

며칠 후 다시 그 자리. 똑같은 배경과 똑같은 인물들이 나온다. 이번엔 독일청년이 조심스레 한국 여인에게 다가가 한 편의 시를

한국어로 또박또박 힘주어 읽는다. '사랑하는 사람아, 이렇게 첫
머리를 쓰고 목에 메어 울었다.'
그리고 갑자기 바람소리가 들려오고, 독일 청년은 또 한 편의 시
를 낭송하여 그녀에게 바친다.


　　　바람 부는 날 나는
　　　편지를 쓰겠다.
　　　아무도 몰래

　　　사랑
　　　이라고 쓰겠다.

　　　왠지 아파서 그립다
　　　라고 쓰겠다.


　　그런 다음, 독일어로 번역된 '바람 부는 날'이 내레이션으
로 흐르면서 막이 내린다. 이것이 1분 50초짜리 드라마다. 독일
청년의 이름을 여기서 밝힐 순 없으나(사실 잊었다) 나는 이 청
년이 이틀 밤낮으로 내 시를 암송했다고 들었다.
　상미는 이 짧은 드라마를 가지고 와 '춘천 글소리 낭송'에서 상
영을 했다. 그리고 이렇게 말했다. 실제로 이 두 분이 내년에 평생

을 같이 하기로 약속을 했다고…

아아 이것은 아주 짧은 드라마였으나, 그리움으로 간절히 바라면 메아리로 아름다이 되돌아오고야 말 사랑의 언어였다. 나뿐만 아니라 그 자리에 참석했던 모든 분들이 감동을 받았다.

나는 한 작은 도시의 변방시인으로 평생을 지냈으나 이때만큼 내 시가 아름다워 보인 적은 없었다. 한 편의 짧은 드라마를 찍다가 결국 그들은 메아리처럼 사랑의 언어를 함께 공유하게 된 것이다.

이런 행복을 어찌 우연이라 할 수 있으랴.

그 먼 날, 그들은 이미 서로를 애타게 간절히 부르고 있었던 건 아닐까.

바람 부는 날이 오면, 나는 그들에게 이렇게 몰래 편지를 쓰련다.


그대들, 푸른 산 메아리가 되었군요.
금빛 강처럼 그대들 진실로 아름다워요.

## 기억되는 모든 것을 위하여

　　나는 이제 씁니다. 기억되는 모든 것을 씁니다. 메모하듯이, 연필을 잡으면 연필로, 자판이면 자판을 두드릴 겁니다. 내 영혼의 문을 두드릴 겁니다. 내게 남겨진 모든 것을, 내가 상상할 수 있는 모든 것을, 내게 들리는 모든 것을, 내 눈에 비치는 모든 영상들을, 사물들을, 추억들을, 나는 기록하렵니다. 책을 읽을 때 떠오르는 이미지와 그 이미지가 새롭게 변화하는 그 무엇을 나는 씁니다. 바람이면 바람을 쓸 것이고, 꿈이면 꿈을 쓸 것이고, 물방울이면 물방울을 쓸 것이고, 새의 깃털과 하늘, 그리고 죽음과 미소를 쓸 겁니다. 아픈 것들의 슬픔을 쓸 것이고 욕망의 뿌리와 허망을 쓸 것이고 존재의 무위를 쓸 겁니다.

나는 너무 늦었을까요? 하지만 나는 이게 나의 길임을 인정해야 합니다. 나는 매사에 늦고 게으르고 바보이니까요. 바보스러움으로 나는 겸손해질 필요가 있습니다. 한없이 고개를 숙여야 합니다. 나는 내 손바닥만한 세계나마 진정한 나의 세계로 가꾸어야 합니다. 그것이 나의 유일한 꽃밭입니다. 나는 너무 늦었습니다, 이건 숙명적인 겁니다, 시간이 얼마 남지 않았습니다, 시간이 너무 없습니다, 라고 투정부리진 않으렵니다. 그래서 어쨌다는 겁니까? 그냥 주어진 시간을 감사하고 쓸 수밖에 달리 무슨 방법이 있겠습니까.

나는 씁니다. 읽기보다 쓰는 것을 먼저 하렵니다. 쓰는 게 나의 일상이 되도록 하렵니다. 눈치 볼 것 없이 나의 방법대로 나의 생각대로 나의 흐름대로 나를 맡기려 합니다. 냇물이 흘러갑니다. 냇가에 난 무성한 풀들에게, 나무들에게, 자갈들에게, 돌들에게, 모래알들에게, 물고기들에게, 들꽃들에게, 하늘의 새들에게 인사하며 갑니다. 어디로 가는지 왜 가는지 모릅니다. 그냥 갑니다. 저절로 가는 겁니다. 그러다 어디엔가 가 닿겠지요. 그러다 어디에서 그 무엇이 되겠지요. 그게 가느다란 나의 희망입니다. 나는 나의 희망을 소박하게 가져보렵니다. 그게 마음 편합니다. 거창한 건 부담스러우니까요. 내 힘으론 감당키 어려우니까요. 나는 내 영혼이 쓸쓸하다고는 생각지 않습니다. 노년의 영혼은 죽음을 압니다. 죽음이 어디쯤에서 친구하려고 대기하고 있다는 걸 압니다. 그걸 아니까 마음 편합니다. 외롭지가 않습니다. 죽음이란 친구를 맞이하면 한없는 평화와 자유가 있을 테니까요. 이제 마음을 놓고 생각을 놓고 삶의 욕망을 놓고 자유로이 죽음과 친구되어 놀 날을 생각하면 이보다 더 행복한 것이 또 어디 있겠습니까.

　　나는 씁니다. 매일매일 나를 씁니다. 나와 내 주변을 씁니다. 나와 내 사랑을 씁니다. 나와 내 꿈을 씁니다. 나와 내 행복을 씁니다. 나와 내 죽음을 씁니다. 나와 내 아름다움을 씁니다. 나는 그래서 나를 들여다 볼 수 있고 나를 불러 이야기할 수 있고 나를 멀리 보낼 수 있습니다. 자유란 바로 이런 것일 듯합니다. 삶이란 바로 이런 것일 듯합니다. 가난할지라도 이 한 마음 고이 간직한다면 행복할 듯합니다. 정말 그렇게 될 수 있을까요? 그럼요. 믿어야지요. 그래야 합니다. 믿음은 가장 소중은 희망이자 용기입니다. 살아간다는 이 용기가 모든 것을 분발케 합니다. 어느 깊은 산사에서 용맹정진하는 스님처럼 삶을 분발케 합니다. 용기란 것이, 희망의 끈이라는 것이, 소망이라는 것이, 선함과 받아들임의 마음이라는 것이 삶을 분발케 하고 삶을 아름답게 합니다.

나는 씁니다. 나의 길을 쓰고, 나의 잘못을 쓰고, 나의 실패를 씁니다. 나는 얼마나 많은 죄를 이 세상에 졌을까요. 나는 얼마나 많이 실패하고 얼마나 많이 거짓말하고 얼마나 많이 남을 기망했을까요. 하지만 그 모두를 씁니다. 추악함을 씁니다. 배반과 뒤틀린 욕망을 씁니다. 미움을 쓰고 버림받음을 쓰고 억지와 우격다짐을 쓰고 고집스러움을 쓰고 귀 닫은 이의 눈을 씁니다. 그게 나입니다. 그게 나의 본바탕입니다. 나는 내 진면목을 바로 보고 싶습니다. 한없이 후회하고 한없이 반성하고 한없이 통곡하고 싶습니다. 쓰면서 나는 울고 웃고 괴로워할 겁니다. 아, 이게 나였구나. 이게 내 참모습이었구나, 하고.

　　나는 부끄러움을, 염치를, 쓰라림을, 회오를 알고 또 느끼고 싶습니다. '나는 바다 밑을 어기적거리는 한 마리 게 다리나 되었을 것을', 엘리엇의 시 구절처럼 나는 그렇게 하찮고 사소합니다. 잘고, 모자라고, 머리가 좀 떠 있습니다. 똑똑한 고집스러움. 그건 상대를 배려하려는 마음이 부족할 때 나타날 수 있는 편협함일지도 모릅니다. 물론 오해는 마세요. 똑똑하다 해서 배려와 이해심이 부족하다는 건 너무 심한 편견일지도 모릅니다. 그렇지요. 똑똑한 건 아주 좋은 거니까 늘 남에 대한 배려와 이해심을 많이 가져야 할 필요는 있습니다. 하지만 좀 모자란 사람은 늘 상대방이 나보다 낫다는 생각을 가지고 있기 때문에 겸손

할 수 있고 상대의 의견을 받아들이기가 쉬워집니다. 단지 무엇이 올바른 것이냐 아니냐는 별개로 하고 말입니다. 어쨌든 좀 모자란 듯한 사람이 이해심은 많다는 게 지금까지 살아온 바로의 제 생각입니다. 사물에 대한 분별력도 중요하지만 무엇보다 중요한 건 바로 이해심입니다. 상대의 입장에서 생각하는 마음. 분석하기보다 전체적으로 통찰하고 깊이 받아들일 수 있는 이해심이 글쓰기의 중요 테제임을 늘 염두에 두어야 합니다. 꼭 그러고 싶습니다. 죽을 때까지 그런 마음으로 바라보고 듣고 느끼고 이해하여 쓰고 싶습니다. 사진이든, 그림이든, 단어의 동사이든, 형용사이든, 그 안에 이야기를 넣고 싶습니다.

들창으로 내다보는 뒤란의 꽃밭이나 나무나 돌담에게 생명의 숨을 불어넣어 이야기를 꾸미고 싶습니다. 어린애를 놓고, 여인을 놓고, 새를 놓고, 어떤 사건, 아주 작고 보잘것없는 이야기를 대화로, 묘사로, 서사로 꾸밉니다. 재미있게, 재미있어 하며 말이지요. 히죽히죽 웃으면서 말이지요. 그리고 그것들이 상상하고 이야기하고 더 넓게 확장할 수 있도록 가만히 둡니다. 그러면 그것들이 서로 만나고 부딪고 헤어지고 눈물 흘리고 생각하고 사랑하며 한 편의 이야기를 만들어내겠지요. 저절로 그렇게 되지 않을까요? 나는 오늘 산보를 나갔습니다. 아침 이슬이 맺힌 날입니다. 해가 떠오르기엔 아직 일러서 모두들 촉촉이 젖어 있습니다. 나무도 돌도 길도 길섶도 모두들. 그것들이 젖어서 나를 싱그럽게 합니다. 난 그들에게 마음으로의 인사를 드립니다. 안녕. 나는 그것들에 의해 쓰여지고 있는 존재이고, 나 또한 그들을 마음속으로 쓰고 있습니다.

안녕. 안녕. 나는 오늘도 즐거운 마음으로
이 세상의 사소한 것들을 씁니다. 구름 가듯이 씁니다.

# 100세 현역

매미도 폭양에 지쳐 울지 않는 한여름, 하오 3시 10분, 나는 내 딸 솔미로부터 문자 한 통을 받았다. 그 문자는 빛처럼 아주 짧게 왔다. 어느 먼 별에서 온 이 아름다운 메시지를 나는 조심스레 읽었다.

## 100세까지 현역

괴테: 80세에 고전 파우스트 탈고

토스카니니: 90세까지 대표지휘자로 활동

피카소: 92세까지 창작활동

루빈스타인: 89세에 카네기 홀에서 연주

피터 드러커: 90세 이후에도 왕성한 창작활동

에디슨: 92세에도 발명 몰두

파블로 카잘스: 95세에 하루 6시간씩 첼로 연습


아빠도 지금 현역~


애야. 이분들은 내가 감히 범접하지 못할 경지에 이른 분들이다.

이들은 빛나는 별들이지. 고맙다.

하지만 난 재작년의 100세 할머니 시인을 생각한다.

일본 시바타 도요 할머니 이야기다. 92세에 시를 쓰기 시작해

99세에 첫 시집 〈약해지지 마〉를 발간했지. 그 이름 시바타 도

요柴田卜ヨ. 그녀의 시집은 100만 부가 팔렸단다.

쉬운 말로 조곤조곤 우리를 깨우치는 시. 그 분의 시 중 〈저금〉
이란 시가 있지. '난 말이지, 사람들이 친절을 베풀면 마음에 저
금을 해둬'라는 시구가 있단다. 우리 삶이 늘 기쁜 날만 있는 것
은 아니란다. 그래서 시바타 할머니는 '쓸쓸할 때면 그걸 꺼내 기
운을 차리지. 너도 지금부터 모아두렴. 연금보다 좋단다'라고 말
했어.

난 이 시바타 도요 할머니처럼 되고 싶다. 난 아직
소년이지 않니?
고맙다 내 딸 솔미야.

# 배트맨

나는 어제 배트맨 〈다크 나이트 라이즈〉를 봤다. 군대 간 아들이 휴가 나오면 언제부터인가 가족들은 영화관엘 가는 습관이 들었다. 그래서 거의 의무적으로 몇 편의 영화를 감상하곤 하는데 두 달에 한 번 꼴로 휴가를 나오니까 앞으로도 다섯 편 이상을 보아야 한다는 계산이 나온다. 나는 참을성 있게 그 컴컴한 동굴로 가서 한 시간 이상을 화석이 된 원시인처럼 다소곳이 앉아 영화를 보곤 한다. 3D 영화도 보았고 만화 영화도 보았다. 내겐 참을 수 없는 긴 인내의 시간들인 셈이다. 뭐 그렇다고 내가 영화를 아주 싫어하냐 하면 그런 것도 아니다. 고등학교 땐 학교수업도 빼먹은 채 영화를 보러 다녔던 시절이 있었다. 그 당시 영화는 밥보다도 더 좋았다.

그게 언제부터인지 확실치는 않지만 점점 영화관엘 가지 않게 되었다. 이상하게도 그 뻔한 스토리에 그 뻔한 잡담이나 씨부려대겠지, 하는 막연한 불편심리가 작용도 했지만 우선 영화가 그다지 나의 흥미를 끌지 못한다는 것이 문제였다. 눈이 침침해져서 영화를 감상하기에 불편했고, 갑자기 꾸앙 터져나오는 천둥 같은 음향소리가 가슴을 놀래키었고, 도대체가 스토리가 뻔했고, 극장 내부가 너무 컴컴했고, 노인들은 눈씻고 찾아볼래야 찾아볼 수 없었고, 나는 자주 눈이 감겼고, 그러다가 꾸앙 소리에 화들짝 꽃처럼 놀라 커다란 화면을 응시하곤 하건만 여전히 전쟁은 계속되고 있었고, 평화는 언제 찾아올지 너무나도 막막했고, 그러다가 어느 순간 터무니없이 영화는 종결되고 마는 것이었다…. 그리고 또 뭐 다른 이유야 있겠지만, 그저 그렇고 그랬다. 나는 맑은 공기를 마시고 싶었다. 내가 아는 한 소설가는 폐쇄공포증 때문에 극장을 들어가지 못한다고 하는데 난 그런 정도는 아니고 그저 갇혔구나, 나는 뭐지? 하는 의문의 화두로 무려 한 시간 삼십여 분 동안을 들숨날숨을 이백만 번씩이나 거듭하면서 기꺼이 나의 시간을 낭비하고 기꺼이 내게 주어진 그 시간들을 굳세게 버텨내는 것이다.

그 살벌한 살육의 현장엔 과연 무섭고도 신기한 신무기가 등장했고 배트맨의 검은 복장은 신비로웠고 상대의 적군 수장은 목소리의 톤이 무시무시했고 가슴과 팔뚝이 무쇠 같았고 쇠줄처럼 꿈틀거렸다. 총알이 빗발치는 속에서도, 주먹질을 할 때도, 잔뜩 무장을 해도 시원찮을 판국에 주인공은 언제나 양복이나 헐렁한 바바리코트 차림이었다. 주먹질을 해도 한 방울 피도 나지 않았고 저렇게 맞으면 심장이 천 번은 멎어야 마땅할 텐데도 멀쩡히 살아남는 걸 보면 역시 영화답구나, 하는 감탄이 저절로 솟는 것이다. 절정의 순간에 가선 관객이 전혀 예상치 못했던 반전을 함으로써 아아, 또 하나의 탄식을 머금게 하는 것도 뻔한 스토리였고 핵물질이 1분 30초면 터지는데 그걸 배트맨이 날으는 자동차에 달고 바다로 날아가서는 핵물질이 터지는 가운데 장렬히 전사(?)하게 된다는 스토리도 터무니없이 황당했다. 1분 30초를 날아가는 모습이 안타깝게도 그리 빠르지가 않았고 도시에서 빤히 내다보이는 근해에서 터진 버섯구름을 사람들은 슬픔과 환상과 안심으로 바라보았다. 그리고 주인공의 장례식이 거행되었고, 비석엔 아무개 여기 잠들다… 〈고담시〉 어쩌구저쩌구, 라는 글이 적혀 있었다.

그건 확실치는 않다. 나는 도대체 유심히 들여다본다는 일에 익숙한 사람이 아니기 때문이다. 더욱 황당한 것은 어느 카페에 배트맨 주인공이 멀쩡히 살아나 무슨 레모나 주스인지(이것도 불확실하다)를 마시면서 여자친구에게 윙크를 하는 장면에선 그저 터지는 하품을 넘어 짠한 감동과 행복마저(?) 느끼게 되는 것이다.

　　들리는 풍문으론 '배트맨'을 상영하는 미국 어느 극장에선 검은 옷을 입은 사람이 나타나 실제로 신무기를 난사하여 70여 명의 사상자가 발생했다고 한다. 현실과 비현실이 혼재된 이 세상에선 온전히 자신을 지킨다는 일이 그리 녹록지만은 않다는 걸 새삼 뼈저리게 느끼게 되는 요즘이다. 나는 어제 배트맨 〈다크 나이트 라이즈〉를 보았다. 무려 2시간 40분짜리의 긴 영화 한 편이 나의 인내심을 고문하고 시험한 날이었다. 영화는 재미있었다고 한다. 나의 아들 그리고 아내와 나의 예쁜 딸이 한 말이다.

## 밥솥 암호

　　부엌에서 어머니가 전기밥솥에다 쌀을 안쳐 놓고 손짓을 한다. 아주 조용한 몸짓이다. 누가 보면 들킬세라 조심스럽기가 그지없다. 나도 조심스럽기는 마찬가지다. 어머니가 은근히 나를 손짓해 부르는 것은 뭔가 비밀스런 이야기를 할 때마다 내게 보내는 신호인 것이다. 우리는 마치 어떤 일을 꾸미는 공범자처럼 은밀하게, 부엌에서도 한갓진 구석에서 만난다. 어머니는 밥솥 뚜껑을 닫고 나를 바라본다. 전기코드가 뽑힌 밥솥은 아무런 불빛도 내비치지 않는다. 밥솥의 매뉴얼 판은 캄캄한 한밤중이나 다름없다. 어머니는 얼른 눈을 감는다. 그리고 오른손 검지를 들어 빨간 전원으로 가져간다. 나는 날렵하게 밥솥 옆에 있는 전기코드를 꽂는다. 어머니가 눈을 뜬다. 앗, 불이 들어왔다. 빨간 불이다. 이제 캄캄한 밤하늘로 비행기 한 대가 소리 없이 빨간 불을 켜고 날아가기 시작한다. 물론 어머니가 띄우는 그 비밀스런 명령을 수행하기 위해서다. 어머니는 만족스런 미소와 완성된 기쁨으로 그윽이 눈을 들어 나를 쳐다본다. 맑고 깊은 눈이다. 나는 어머니의 거칠고 마디 진, 그러나 한없이 따뜻한 어머니의 손을 잡는다. 그리고 웃는다. 어머니, 해내셨군요.

　　　어머니를 모시고 병원에 갔던 날이 벌써 3년 전이었다. 혈관성 치매라는 진단을 의사는 내렸다. 지극히 담담한 표정으로 그가 말했다. 노인들이면 다 이 나이 때 흔히 찾아오는 병일 뿐이지요. 나도 담담한 표정으로 고개를 끄덕였다. 어머니는 조용히 앉아 있었다.
의사는 정상적인 뇌 사진과 어머니의 뇌 사진을 비교해 보여주었다. 어머니의 뇌에 검은 웅덩이가 군데군데 보였다. 거기에 물이 가득 차 있다고 의사는 설명했다. 옆의 정상적인 뇌는 웅덩이가 보이지 않았다. 앞으로 이 웅덩이들이 점점 더 커지면서 기억이나 말들이 사라져간다고 했다. 완치는 불가능하지만 약물치료와 적당한 운동, 가족의 정성과 돌봄으로 나빠지는 상태를 늦출수는 있을 거라고 했다. 의사는, 아시다시피 다 정성이지요, 했다. 그리고 어머니에게 말하긴 하지만, 나 들으라는 듯이 당부하기를 잊지 않았다. 할머니, 맛있는 거 많이 잡숫구요, 여행도 많이 다니세요. 책 좋아하시나? 동화책이나, 뭐 다른 읽을 수 있는 거 있지요? 그거 읽으세요. 가족들과 이야기도 많이 하시고요. 화투 좋아하시면 많이 치세요. 그리고요. 하시던 일 있으시면, 손 놓지 마시고 계속하도록 하세요.

나는 어머니가 살아온 날의 기억들이 순식간에 저 깊은 블랙홀의 웅덩이 속으로 빨려 들어가는 것을 보았다. 그렇게 나는 망연했다. 어머니는 무표정하게 앉아 있을 뿐 아무 말도 하지 않았다. 그러나 돌아오는 차 안에서 어머니는 한 마디 했다. 그 의사 글렀더라. 말이 너무 많아. 그러고는, 집으로 올 때까지 또 아무 말 없이 차창 밖만 내다보았다.

그 후, 어머니는 정말 나들이를 자주했다. 새벽에도 나가고 낮에도 나가고 밤에도 나갔다. 아무 때나 나갔다. 여기 이 집은 내 집이 아니라며 당신의 진짜 집을 찾아 골목과 언덕과 들길을 헤매고 다녔다. 어느 땐 아들인 내가 돌아오지 않는다며 마을 어귀로 나갔다. 어머니의 기억은 나를 아프게 했다.
스물다섯의 나이에 나는 방황의 날들을 보냈었다. 그때가 겨울이었다. 나는 석탄차 뒤꽁무니에 매달린 열차를 타고 태백의 깊은 계곡을 누비고 다녔다. 나는 젊은 생을 어두운 그늘 속에서만 살았다. 내의도 없이, 차표도 없이, 완전한 거지신세로 떠돌아 다

넜다. 하지만 한 번도 어머니를 잊은 적은 없었다. 그래서 마음이 너무 외로울 때면 눈 덮인 겨울 골짜기로 들어가 어머니를 불렀다. 그러면 어머니가 메아리로 답했다. 나는 골짜기 아래쪽 강을 내려다보았다. 강이 하얗게 얼어 있었다. 나도 꽁꽁 얼어 있었다. 하지만 '어머니'의 이름만큼은 얼지 않았다. 내 마음에 그 이름만큼은 오래오래 메아리로 남았다.

마침내 눈이 퍼붓던 어느 날의 제천역. 나는 방황을 끝내기로 마음먹고 열차를 탔다. 열차에서 버스로 갈아타고 다시 걷고 하면서 저녁 무렵 마을로 들어섰다. 마을 어귀에도 눈이 내렸다. 눈이 빠지게 자식을 기다리는 한 어머니를, 눈은 눈물겹도록 하얀 눈사람을 만들어가며 내렸다. 어머니는 꽁꽁 언 채 눈사람 화석이 되어 있었다. 그 겨우내 아들을 잃어버린 어머니는 내복도 입지 않았고, 양말도 신지 않았고, 단지 덧버선 한 켤레로 나를 기다렸다.

45

그날, 돌아온 아들을 위해 어머니는 밥솥에다 쌀을 씻어 안쳤다. 눈송이처럼 하얀 이밥이 밥솥에서 익었다. 석쇠에다 갓 구워낸 꽁치가 접시에서 자글거렸다. 어머니는 그렁그렁한 눈길로 밥을 떠먹는 아들을 오래오래 바라보았다.

이후 나는 이 세상 행복을 모두 안은 듯한 어머니의 눈길을 다시금 보지 못했다. 당시 나는 부끄러웠고 죄스러웠다. 한 마디 책망의 말도 하지 않았던 어머니가 고맙고 또 고마웠다. 얼마 후 나는 국어선생이 되었고 아내를 맞이했다. 아내는 신접살림살이로 신형 전기밥솥을 가지고 왔다. 어머니의 밥솥은 찬장 깊숙이 밀려났다. 나는 아내와 함께 발령을 받는 대로 또 다시 쏘다녔다. 그 사이에 아이들이 생겨났다. 딸과 아들이었다. 어머니는 혼자서 집을 지켰다. 명절 때가 되거나 또 특별히 어떤 일로 방문하겠다는 기별을 한 날이면, 어머니는 아내가 두고 간 전기밥솥으로 밥을 지어놓고 우리를 기다렸다. 그리고 우리들이 떠나면 다시금 어머니는 어머니의 밥솥을 꺼내었다.

세월이 흐르고, 어느 날부터인가 어머니는 밥솥이 낯설어지기 시작했다. 이게 어디서 온 물건이냐고 내게 자꾸 물었다. 묻고 또 물었다. 당신은 이제 밥조차 할 수 없는 세계 속으로 발을 들여놓고 있었다. 머릿속의 웅덩이가 더 커졌고, 기억은 멀고 아득하게 가물거렸다. 어머니와 함께 지낸 지 3년이 되어 오는 동안, 어머니는 아주 가끔씩 어머니의 밥솥을 꺼내 밥을 지었다. 물론 꽁치도 구웠다. 그러나 무심하게도 밥과 꽁치는 새까맣게 탔다. 모든 추억들이 타 버려 희미하고 어두웠다. 그래서 뭔가에 분노하고, 뭔가에 억울해서 울었다. 새벽에도 울고, 저녁에도 울고, 한밤중에도 울었다. 강물처럼 울었다. 답답하면 어머니는 집을 뛰쳐나가 온 들을 쏘다니며 울었다. 나는 그런 어머니를 찾아, 온 세상을 뒤지고 다녔다. 이제 어느샌가 어머니의 기다림은 나의 기다림이 되어 있었다.

그러다가 얼마 전부터 어머니는 들뜬 마음이 가라앉으면서 차분해져 갔다. 동네 사람들과 몇 마디 대화도 나누었다. 어디를 멀리 다녀온 모양 같다는 이야기도 했다. 노인들이 갈 날이 멀지 않으면 정신이 반짝 맑게 드는 경우가 있다더니 그런 거 아니냐며 동네 아낙들이 수군거렸지만, 어쨌든 어머닌 좋아지고 있었다. 어머니의 무작정 나들이도 뜸해지면서 밑바닥까지 가라앉았던 우울증도 말끔히 가셨다. 강물 같던 울음도 그쳤다. 그리고 전기밥솥으로 밥을 짓기 시작했다. 그런데 코드 꽂는 것을 잊은 채 자꾸만 빨간 전원만 눌러댔다. 그걸 본 내가 얼른 전기코드를 꽂아주었다. 삑 소리와 함께 불이 들어왔다. 그때 어머니는 뭔가 큰 깨달음을 얻은 양 조용히 입을 열었다.

이 밥솥엔 암호가 숨겨져 있었던 거야. 그걸 내가 알아냈지 뭐냐. 그런데 말이다. 꼭 네가 곁에 있어 주어야 그 암호가 풀린단 말이거든? 참 신기하지? 어머니의 눈이 다시 맑아졌다. 더없이 맑고 더없이 빛나는 눈이었다.

눈이 내리면 나는, 아름다운 그날의 꽁치 굽는 냄새가 그리워진다. 어머니의 마음 안엔 지금도 여전히 눈이 내리고 있을 것이다. 젊은 아들을 메아리처럼 기다리고 있을 것이다. 나는 가만히 속으로 어머니를 불러본다. 엄마…. 그 부름은 몇 겹을 지나서야 어머니에게 가 닿으리라. 그러면 어머니는 고요히 이렇게 답하리라.

그래, 얘야. 인제 오는구나.

# 스무 살의 내 청춘아

너 잘 있니? 난 여기서 잘 지내. 그동안 어언 40여 년의 세월이 흘렀구나. 이제 난 앳되고 풋풋한 네가 아냐. 난 머리가 하얗게 세었어.

어느새 난 노인의 문턱에 발을 들여놓았단다. 이젠 너처럼 오만하지도, 너처럼 깊은 고뇌를 겪지도 않아. 천천히 걷고, 천천히 생각하고, 천천히 말하고, 천천히 책을 읽지.

그리고 웃기만 해. 그건 네가 웃어젖히던 너털웃음이 아니야. 세상이 떠나가라 야유를 퍼붓던 1970년대의 암울하고 비틀린 웃음이 아니야. 그저 웃는 거야. 어쩌면 그건 톨스토이의 동화책에 나오는 '바보 이반'의 웃음 같은 것일지도 몰라.

너 기억하고 있니. 넌 참 유치했어. 아니 유치찬란하다고 해야 하나. 넌 오만했고 자신의 값어치를 최상으로 평가했었으니까. 하지만 늘 진지하긴 했지. 농담 속에서도 진정성이 깃들어 있었지. 그게 너였어.

스무 살의 내 청춘아. 하루라도 꿈꾸지 않으면 살 수 없었던 날들아. 잘 있니? 나 여기서 잘 있어. 넌 지금도 만년필로 시를 쓰고 있니? 파란 잉크로 강을 만들고, 은모래 반짝이는 강가에서 지금도 미치게 그리운 백양나무를 그려내고 있니? 매미들이 유난히도 울어대던 여름날의 그때를. 그래서 넌 그토록 눈부신 몸부림 때문에 지금도 괴로워하니?

새삼 생각해보니 소꿉장난 같은 유치한 짓이었어. 하지만 너흰 하나도 부끄럽지 않았어. 너흰 에로스의 사랑보다 아가페의 사랑을 좋아했거든. 그건 아마 어떤 신념 같은 것이었을지도 몰라. 너희 셋이 동시에 사랑했던 한 소녀. 열여섯의, 웃음기 머금은 보석 같은 소녀. '미노'라는 이름의 그 해맑은 소녀. 물론 미노란 이름은 나중에 너희들이 지어준 이름이었지. 넌 무척이나 그 소녀를 좋아했었어. 그런데 어느 날 화가 지망생인 미스터 리와 장주도인莊周道人을 자처하던 미스터 조가, 아아 뜻밖에도 그들 또한 청보석 같은 미노를 아주아주 많이 좋아한다는 걸 넌 알아버리고 말았지.

너흰 춘천교육대학을 함께 다니던 삼총사였는데….

　　너흰 서로 아무 말도 안 했어. 서로의 눈치만 보았어. 먼저 말해. 네가 먼저 말해. 그렇게 눈치만 봤지. 오래 침묵이 지나갔어. 그리고 누군가가 말했어. 미노는… 웃잖아, 늘. 그래서 그 애가 좋아. 너흰 금세 서로를 이해하게 되었어. 너흰 밤새 웃으며 이야기했지. 그러다가 화가 지망생 미스터 리가 벌떡 일어나 바람벽에다 큼지막한 글씨로 이렇게 썼지.
'우리의 미노를 위하여!'

　　그 후 화가 지망생 미스터 리는 기사 돈키호테가 되었고, 장주도인은 시종 산초가 되었고, 넌 비루먹은 말 로시난테가 되었지. 그건 네가 한사코 우겨서 따낸 거룩한 임무였지. 미노를 등에 업을 수 있는 영광은 너밖엔 없었으니까. 어느 여름날 밤, 너흰 모닥불을 피웠네. 모닥불 불티가 하늘의 별이 되던 강가, 그 고운 모래밭에 둥글게 모여 앉아 너흰 미노와 함께 노래를 불렀네. '모닥불 피워놓고 마주 앉아서…' 우리는 미노의 수호자들. 이 불타는 밤, 우린 한 소녀의 아름다운 꿈과 미소를 영원히 간직하노라….

아아 그 축제의 밤을 네 어찌 잊을 수 있었겠니. 암울했던 날들, 흰 파꽃 한 송이로 피어나 미소 짓던 소녀여… 지금은 어디에서 무엇을 하는지 아무도 모르는 소녀여. 나의 청춘이여. 난 그대의 아름다운 이름을 부른다. 메아리처럼 부른다. 푸른 설망 한 줌을 아프게 껴안던 그날을 넌 기억하니? 강처럼 고난스레 흘러 흘러 왔으나 다시는 그날의 축제를 노래할 수 없는 지금. 난 다만 웃는다. 바보같이 웃는다. 그 여름밤이 내 생애 중 가장 위대하고 가장 아픈 축제의 밤이었기에….

그리고 40여 년이 흘렀어.
화가지망생 돈키호테는 이제 이 나라 최고의 인기소설가가 되었지. 장주도인 산초는 교사로 퇴임하여 결국 〈장자의 길〉이란 두툼한 책을 펴냈고. 그건 그가 남긴 일생일대의 걸작이었어. 단 한 권의 책으로도 그는 빛났어. 그럼 넌?
호박잎 흐느끼는 빗소리에도 전율했던, 잎맥들에 흐르는 수액의 소리를 가만히 귀 기울여 듣던 넌? 그래그래. 넌 이 나라의 서정시인이 되었지. 하지만 그리 유명하지는 못해서 네 이름을 몇이나 기억할는지, 네가 밤새워 쓴 시가 그 누군가에 의해 읽혀지고 있긴 하는 건지 너는 모를 거야. 그래그래… 나도 모르긴 마찬가지야.

하지만 그 숱한 시 중에 몇몇의 시는 사람들의 기억에 오래오래 남아 지금도 암송되고 있구나. 넌 헛되이 네 청춘을, 오랜 고뇌의 밤을 무망하게 흘려보낸 건 아니야. 그러니 너무 자책하지는 마. 별이 된 내 청춘이여. 네 여름밤의 축제여.

나는 이제 너에게 뜨거운 소망의 갈채를 보내노라. 너희 우정의 향기를 위하여, 그리고 너와 나의 가슴에 영원히 간직될 미노의 미소를 위하여.

# 진도하늘소, 류투!

류현미 선생이 주문하고 류재희 선생이 제작해서 보내준 독서대에 큰넓적하늘소가 탄생했다. 톱날과 대패로 깎여진 곳에 군데군데 벌레집들이 있었는데 그 중 하나에서 애벌레가 부화한 것이다. 한 일주일 전에 걸레로 독서대 주위를 닦다가 미세한 톱밥가루가 떨어져 쌓여 있는 걸 발견했었다. 난 톱밥을 걸레로 훔쳐낸 다음 떨어진 위치를 가늠하여 독서대 뒤편을 살펴보았으나 아무 낌새도 채지 못했다. 서너 개의 벌레집 흔적들이 있었지만 설마 벌레가 살아 숨 쉬고 있으리라고는 미처 예상하지 못했던 것이다.

그런데 오늘 아침 나는 독서대 곁에서 납작 엎드린 하늘소 한 마리를 발견했다. 녀석은 미동도 하지 않았다. 나는 손가락으로 녀석을 살짝 건드려 보았다. 그러자 녀석은 기다렸다는 듯이 포르르 날아오르더니 방바닥에 사뿐히 내려앉았다. 멋진 착지였다. 마치 김연아 선수가 포르르 공중회전을 하면서 빙판 위로 내려앉는 모습과 어찌 그리 똑같던지….

먼 진도의 숲에서 강원도까지 자손을 퍼뜨린 어미하늘소의 지혜는 가히 놀라웠다. 그것도 류재희 선생이 만든 물푸레나무 독서대를 타고서. 이건 알라딘의 양탄자보다 더 멋진 마법의 여행이 아니겠는가. 살아 숨 쉬는 생명체가 물푸레나무 독서대에서 비상을 꿈꿀 때 나는 대체 무엇을 했단 말인가.

나는 하늘소를 손바닥 안에 엉성하게 쥐고서 열린 베란다 창문으로 갔다. 놓아줄 셈이었다. 내가 사는 아파트 곁엔 애막골 숲이 자리하고 있었다. 신갈나무, 굴참나무, 졸참나무가 울창했다. 산비둘기가 날았고 어치와 까마귀가 살았다. 나는 창밖으로 손을 내밀어 손바닥을 펴보았다. 그러나 웬걸. 녀석은 어디론가 홀연히 자취를 감추고 난 뒤였다. 분명 집안 어디엔가 있을 것이 틀림없을 터였다. 그렇다면 굳이 찾을 필요가 없었다. 베란다 화분 어느 식물의 이파리에 고요히 앉아 잠시 몸을 쉬고 있겠지. 그리고 많은 생각과 관찰과 냄새를 통해 이 생소한 세계의 자연지도를 그려내고 있겠지. 자신이 탐험해야 할 미지의 자연지도는 아마도 0.0000001초보다 더 빠르게 그려졌을 게 틀림없을 터이지만.


　　화사한 봄날의 3월 23일 토요일 아침.
진도에서 온 하늘소 한 마리가 나의 물푸레나무 독서대에서 고결하고 아름다운 탄생을 마침내 이루어 낸 것이다.
앞으로 나는 이 큰넓적하늘소를 '진도하늘소, 류투!!'라 명명하련다. 왜냐고? 내 맘이다.

## 녹우

　　나는 녹우 김성호의 노래를 들으러 간다, 라고 읊조리며
가을하늘을 바라보았다. 하늘엔 구름이 없었다. 참 깊구나, 라고
나는 생각했다. 녹우의 노랠 들으러 석사동 골목으로 간다, 라고
나는 흥얼거려 보았다. 그때 어신이며 조각가, 색소폰 연주자인
제자 엄재오가 왔다. 그의 영원한 애인인 반려자와 그 반려자의
친구 라이방과 함께 왔다. 엄재오는 나를 차에 태우고 갔다. 석사
동으로 가는 길은 해가 서산마루로 가는 길이었다. 우린 그 해를
마주하고 눈부시게 갔다. 눈이 시어 눈물 질금거리며 갔다. 나는
가면서 녹우에게 전화를 했다. 녹우도 석사동 먹자골목으로 가
고 있다고 했다. 그도 나처럼 서산마루 지는 해를 바라보면서 가
고 있을까. 나는 잠시 그런 부질없는 생각을 했다.

아 름 다 운  이 름 을  부 른 다

녹우와 나는 이십만 년이나 못 만났던 사람들처럼 서로를 포옹했다. 녹우와는 바늘과 실 관계인 가인 박광호(지금은 박광욱으로 개명했다)와도 서로 포옹했다. 우리가 만난 곳은 원앙닭갈비 앞마당이었다. 그런데 원앙새는 없고 닭갈비만 있었다. 닭들이 세 몸을 아낌없이 익혀내어 우리의 내장과 위를 채워주었다. 우린 술을 마셨고 녹우는 마시지 않았다.

저녁 일곱 시면, 석사동 먹자골목은 깨어나기 시작한다. 대낮에 죽은 듯이 햇살만 눈부셨던 그 거리. 무법자와 부랑자들이 깡그리 죽어 버린 그 거리가 밤이 되자 스멀거리기 시작했다. 깊이깊이 잠들었던 유혹의 등불들을 녹우가 하나하나 간절한 음표로 깨웠다. 갑자기 석사동 골목은 어두워졌고, 간판의 불들이 켜졌고, 밝고 검은 경계선이 드러났다. 곳곳의 등불들이 유리창을 새어 나와 희미하게 거리에 깔렸다. 자동차와 사람들이 그 빛을 밟고 지나갔다.

어두운 곳엔 삼삼오오 사람들이 둥지를 틀고 앉거나 서서 녹우를 지켜 보았다. 음식점과 술집들 안쪽에 있는 사람들은 닭갈비와 삼겹살과 바다회를 곁들여 소주를 마셨다. 그리고 녹우와 광호의 노래를 들었다. 하학이 늦은 여학생, 자전거 탄 아저씨, 약속시간이 늦어 황급히 걸음을 재촉하는 신사분이 잠시 녹우의 공연마당에 멈춰 서 있다 갔다. 그렇게 사람들이 흘러갔고 녹우의 노래는 골목과 골목 사이, 술집과 술집 사이, 술꾼들의 잇새와 잇새 사이, 유리창 안과 바깥 사이, 환한 불빛과 덜 여문 보름달 사이, 영혼의 바닥과 구만리 장천 사이, 닫힌 문과 열린 문 사이를 울려 퍼졌다. 차례차례 술집 문들이 열리고 그 문틈으로 술꾼들이 귀를 기울였다. 녹우의 가사는 시였고, 그 시는 녹우의 아름다운 음표들에 실려 거리의 인생이 되었다. 그가 부른 노래는 간절했다. 그는 왠지 슬펐고, 광호는 탬버린을 이따금씩 쳤다. 이어 부르는 광호의 노래도 거리의 안개처럼 깔렸다. 녹우가 〈안개중독자〉를 부를 땐 춘천은 몽환의 도시로 깊이 빠져 들었다.

노래는 〈해지는 언덕〉을 넘었고, 〈어느 가을날〉의 강변에서 꽃잎을 씹었다. 죽은 이남이의 〈인생〉이란 노래가 길거리에 아프게 깔렸다. 세상은 여전히 어두웠으나 녹우와 광호와 젊은 가인의 노래만이 빛났다. 한 시간여의 시간이 흐르고 녹우는 지쳐서 목이 쉬었다. 거리의 풍경은 깊어갔건만 사람들은 멀리 떨어져 노래를 들었다. 그 동안에 황야의 무법자 클린트이스트우드도 나타나지 않았고 일본의 부랑인 무사도 나타나지 않았다. 기관총을 난사하는 무장한 멕시코 강도조차 코빼기도 내밀지 않았다. 거리는 그렇게 조용히 녹우의 노래 속에서 녹아났다. 그리고 녹우는 떠났다. 사람들은 뿔뿔이 흩어졌고 주점의 문이 닫혔고 술 꾼들은 말없이 술을 마셨다. 나는 녹우와 헤어져 내 제자 어신이며 조각가, 그리고 색소폰 연주자인 엄재오네 카페로 갔다.

엄재오는 밤 12시 넘어서까지 색소폰을 불었다. 그의 색소폰은 너무 깊어서 난 세상을 잃어버렸다. 나는 집으로 돌아와 색소폰의 음처럼 깊이 잤다. 노란 안개가 잠들듯이 나는 꿈도 꾸지 않았다.

# 난 학교가 싫다

거대한 운동장과 많은 교사와 많은 학생이 있는
거대한 건물의 학교가 나는 싫다.
거대한 운동장은 늘 비어 있고 아주 이따금씩 열리는 조회
교장 선생의 훈화 말씀, 무슨 체육대회
무슨 미술대회 무슨 음악회 무슨 백일장에 나가 상을 받은 아이
들에게
우리학교 자랑스런 얼굴들에게 다시금 상을 수여하는 조회
그런 운동장이 나는 싫다. 아무도 뛰어놀지 않는 덩그런 운동장
이 나는 싫다.
학교 명예를 빛낼 축구선수나 하키부원만이 이리 뛰고 저리 뛰는
그런 운동장이 나는 싫다.

거대한 학교가 이때까지 늘 가르쳐 왔고 오늘도 여전히 가르치고 있고, 또 내일도 가르쳐마지 않아야 할
국어 영어 수학 과학 사회 역사 윤리 실업 체육 음악 미술 논술이 난 싫다.

도대체 이런 거대한 학교 자본주의가 만들어낸 붕어빵 교육이 나는 싫나. 삽낭 마트식 교육이 나는 싫다.
이 거대한 학교가 가르치는 것은 점수 교육, 그나마 창의라곤 눈 씻고 찾아볼래야 찾아볼 수 없는,
서울대 하나만 바라보게 하여 아이들을 수치화하고 계량화하는,
사금을 골라내듯 아이들을 골라내는,
나머지는 모두 모두 모여라 일제히 들러리야 너희들은.
그렇지 일찍이 너희들은 노동자의 신성함을 알아야 해. 들러리는 얼마나 헌신적이고 순종적이고 애국적이니?
은연중 달콤하게 세뇌하는 학교가, 그 교사들이 나는 싫다.
정말 정말 정말이지 노동은 가장 신성한 것임에도 불구하고….

　　　선생님,
선생님은 무얼 가르치시죠? 수학을 가르칩니다. 원리와 창의적인 이야기를 합니까. 그런 거 필요 없지요. 왜 해요. 우린 방정식

을 외우라고 합니다. 우린 가장 간편한 답에 이르는 수학의 길을 제시합니다. 그래서 '수학의 정석'이 생겨난 겁니다. 우린 그 수학의 정석 하나로 수십 년 동안 살아왔습니다. 그게 우리의 지금, 수학의 현실입니다. 수학은 명확한 답이 이미 나와 있고 명확히 한 길이 정해져 있습니다. 공식을 달달 외고 그에 따라 유형문제를 풀어내고 거기에 숙달하면 수학은 그것으로 끝입니다. 아 네 잘 알았습니다. 그러면 수학은 다른 어떤 방법의 길이 있을 수 없군요. 어떤 아이의 기발한 착상의 해결방법이 필요하지 않겠군요. 수학이 지닌 오묘한 원리탐구, 저 아름다운 수학의 역사가 필요하지 않겠군요. 하하하 그거야 당연한 일. 어디 그런 게 시험에 나온답디까. 그게 점수가 된다고 보세요? 왜 수학에도 아름다운 시가 없겠는가. 왜 수학에도 멋진 유머가 없겠는가. 왜 수학에도 깊은 철학이 없겠는가. 그래서 나는 거대한 학교가 싫다.

그런데 이상하다. 거대한 학교에서 가르치는, 그 죽어라 가르쳐야만 하는 과목 과목마다 아이들은 늘 불만이다. 아니 어른들이 더 불만이다.
그리하여 아이들은 학원에 가고 학원에서 잠자고 학원에서 더 신뢰하는 선생에게 더 좋은 점수의 길을 배운다. 아이들은 어떤 교사가 더 자신들에게 유익한지를 이미 알아 버렸다.
모든 인생의 영광은 경쟁에서 얻어지며, 다시 바꿔 말하자면 모

든 인생의 승리는 투쟁에서 얻어진다는 것을 알아 버렸다. 얼마나 많은 점수를 획득하느냐 하는 일각 일각 시간과의 싸움, 자신과의 싸움, 피어린 노력, 바로 내 곁에 앉아 열공하고 있는 친구와의 싸움.

그거 하나뿐이다.


　　각 학급마다 급훈을 들여다볼까.

우리는 주말에 〈정석〉을 공부한다/네 성적에 잠이 오나 재 깨워라/그 얼굴에 공부까지 못하면 안습이다/10분 더 공부하면 마누라가 바뀐다/아침 먹고 오세요 잠은 죽어서 자라/대학 가서 미팅할래 공장 가서 미싱할래/티코 탈래 BMW 탈래/포기란 배추를 셀 때 쓰는 말이다/우린 SKY STYLE…


　　쟤는요 읽기를 아주 잘해요. 이야기를 어찌나 재미나게 하는지 몰라요… 그게 점수가 되니?

그래도 구연동화작가나 뭐, 성우나 뭐, 그런 거 있지 않을까요?

그건 아주 특수한 직업이지. 그런 거로 넌 출세할 수 있다고 생각하니?

쟤는요 동물을 아주 좋아하죠. 토끼도 좋아하고 개도 좋아하고 고양이도 좋아하고… 심지어 뱀도 좋아해요.

허어 기막혀서… 그래 그게 뭐 어쨌다는 거지? 수의사라도 되겠다는 건가. 좋아하면 뭐하니? 공부 못한 그 아인 나중에 자라 동물이나 잔뜩 기르면서 동물병원에 가겠지. 그 동물병원 의사는 공부를 여얼~심히 한 수의과출신이겠구나. 너 같은 동물애호가의 친구 말이다.

ㄱ 의사가 돈을 벌지. 알겠니? 반대로 동물들 병원비 때문에 동물애호가께선 잔뜩 빚을 질 거고…, 그리고 평생 그 빚에 허덕이겠지. 사 어느 아이가 현명하겠니?

　　재는 바람에 흔들리는 수양버들에도 귀를 기울여요. 재는 장차 시인이 되려나 봐요.

그렇겠지. 이 나라 시인 중에 밥 벌어 먹는 시인 있다더냐. 꼬질꼬질하게 시 한 편에 '5만원정'의 시를 쓰고 그 원고료를 하루 종일 기다리는 시인.

시인은 고고하니까 가난한 거야, 라고 스스로 자위해마지 않는 시인이 되겠단 말이지?

시인의 친구는 대기업 임원이 되어 연봉 수억을 받는데 저 지지리 못난 시인은 실속 없는 시어나 밤새 다듬으면서 이 세상 아름다움을 노래한다 한들 당장 오늘 아침 끼니걱정이나 하며 한숨을 쉬고 있을 게 뻔한 일.

나는,

그런 거대한 학교가 싫다. 나는 그런 거대한 학교가 사라지길 바란다. 나는 그런 학교의 교사가 사라지길 바란다. 나도 한때 교사를 한 사람, 그러나 난 무엇을 했는지 무엇을 가르쳤는지 모른다. 부끄럽다. 나도 한때 거대한 학교의 국어교사였었다.

이제 학교를 없애야 한다. 모든 학교를 도서관으로 만들어야 한다. 교사자격증만을 획득한 교사만이 교사일 수 있다는 정의는 사라져야 한다. 모든 사람이 다 교사여야 한다. 적재적소에 필요한, 그 분야에 깊은 지식과 성찰을 지닌 분이면 다 교사가 되어야 한다. 교사는 특권을 버려야 한다. 무슨 연수를 거친, 무슨 무슨 학위를 받은 그런 종잇장 교사는 이제 사라져야 한다.

도서관이 학교가 되는 세상이 되어야 한다. 아이들이 읽고 싶은 책을 읽고, 자연에 대한 관찰을 하고, 좋은 프로그램에 따라 아이들이 스스로 참여하는 교육이 되어야 한다. 도서관에서 하루 종일 책을 읽든 영화를 보든 그 아이에게 자유를 주어야 한다. 대학은 점수만으로 가는 종합선물세트 같은 대학이 아니라 거긴 환경에 대한 전문대학, 거긴 수학 물리에 깊은 대학, 거긴 철학 인문학을 연구하는 대학 등등으로 특성화되어야 한다.

교사도 도서관에서 연구하고, 직접 체험하고, 실험하고, 아이들이 무엇을 원하는지 성실히 관찰해야 한다. 오해는 마시라. 대체 학교가 도서관이 되면 학교를 없애잔 말이요?

아니다. 거대한 학교를 축소하여 도서관 위주의 교육이 되어야 한다는 말이다. 책의 보고를 중심으로 아이들에게 많은 책을 접하게 하고 많은 토론을 하게 하고 많은 체험을 하게 하라는 말이다. 그럼 학교에서노 할 수 있지 않은가. 아니다. 거대한 학교는 할 수 없다. 거대한 학교는 너무 비대하고 너무 관료적으로 조직화되어 있고 너무 경직되어 있다. 거대한 학교는 아이들의 영혼을 먹는 괴물이 되었다. 거대한 학교는 이제 비만증을 앓는 거식증의 괴물이 되었다. 점수를 먹는 괴물 말이다.

나의 제안은 아주 소박하다.

아이들에게 책을 읽게 하라. 책을 읽고 이야기하게 하라. 많은 과목을 가르치는, 다량의 주입식 교육을 버려라. 작은 그룹의 활동을 아이들에게 주어라. 아이들에게 바른 인성교육을 거기에서 길러라. 아이들에게 파란 하늘을 보게 하고, 아이들에게 숲과 강을 알게 하고, 동물과 사람의 관계를 알게 하라. 그 아이에게 과학이나 수학에 흥미가 있다면(정말 흥미롭게 가르쳐야 한다) 그 아이의 재능을 발견하는 터가 바로 도서관이 되어야 한다. 단순히 도서관은 책만 읽는 공간, 책만 빌려주는 단순한 공간이 되어

선 안 된다. 아이가 제가 찾아가야 할 길을 스스로 발견하는 터가 도서관이어야 한다. 그건 도서관이 하나의 중심체가 되어야 한다는 말이다. 학교는 작은 도서관이 되어야 한다는 말은 바로 그런 뜻에서 한 말이다.

이런 엉뚱한 글을 쓰는 나는 지금 무척이나 외롭다.

제2부

어떻게 그리워하는지

# 겨울엄마

샤갈의 마을에 내리는 눈

일 년 내내 눈이 내리는 마을이 있습니다.

정확히 말하자면, 저녁에 눈 내리고 이튿날 아침 눈이 그칩니다.

아니 다시 바꾸어 말하자면, 아침에 눈 내리고 저녁에 눈이 그칩니다.

그러니까 저녁에서 아침까지 눈이 내리든, 아침에서 저녁까지 눈이 내리든 하루에 한 번씩은 꼭 눈이 내린다는 뜻입니다.

그 마을이 샤갈의 마을입니다.

북국의 러시아 화가인 샤갈이 그려낸 마을입니다.

샤갈은 램프를 켜고 밤새도록 그림을 그립니다. 지붕엔 하얀 눈이 계속 내려 쌓이죠.

아침에 창 쪽으로 눈을 돌리면 눈은 여전히 소리 없이 내립니다.

어느 땐 펑펑 땅이 무너져라 내릴 때도 있습니다.

그러다가 문을 열고 밖으로 나갈 때면 눈이 그칩니다. 그때부터 눈부신 세계가 펼쳐지기 시작합니다.

어쨌든 그는 밤새 그림을 그린 탓에 시장기를 느낍니다. 무엇으로든 허기를 메워야 합니다. 그래서 아침식사로 청어를 먹기로 합니다.

하지만 하루에 단 한 번만 먹습니다. 오로지 단 한 번만!

그 생선은 두 토막으로 잘려져 있습니다. 오늘 머리 부분을 먹고 나면, 다음 날은 나머지 꼬리 부분을 먹습니다.

그것이 그의 식사법입니다.

먹는 일에 너무 신경 쓰다가는 그림은 언제 그리느냐는 거겠죠.

실상 그의 가난은 청어 한 마리를 둘로 쪼개어 나눠 먹을 때가 가장 풍요로운 때라는 걸 그 마을 사람들은 벌써 다 알고 있습니다.


　　　　엄마는 샤갈의 그림을 너무도 좋아하셨습니다.

엄마가 몽상가인 것처럼 샤갈의 그림도 다분히 몽상적이거든요.

언젠가 엄마는 행상에서 돌아와 이렇게 말씀하신 것을 저는 기억합니다.

"애야. 오늘 샤갈의 마을에 들렀단다. 정말 하얀 눈이 펑펑 쏟아지는 마을이었어."

전 어리둥절할 수밖에 없었습니다. 그때가 찌는 듯한 한여름이었거든요.


　　　　이따금씩 엄마는 이 마을 저 마을로 광주리행상을 다니셨습니다.

광주리엔 봄나물이며 떡이며 갖가지 알곡들이며 과일들이 가득 들어 있습니다.

아주 드문 일이긴 하지만, 어느 땐 광주리 대신 흰 옥양목 보따리를 이고 집을 나설 때도 있습니다.

그때는 며칠 동안 엄마를 볼 수가 없게 됩니다.

하루 이틀 사흘 나흘… 어느 땐 일주일이고 돌아오지 않을 때도 있습니다.

그렇게 먼 마을로 떠나실 때면 으레 전 혼자가 되곤 했습니다.

그럴 때마다 저는 밥도 짓고 빨래도 해야 했습니다.

마당 한 귀퉁이의 꽃밭도 제가 돌보아야 했습니다. 새 식구가 된 거위 새끼는 물론이고, 한 마리의 수탉과 네 마리의 암탉도 제가 돌보아야 했습니다.

늘 외로운 아이였습니다.

어느 날 엄마는 제게 이렇게 말씀하셨습니다.
"숲에서 자란 나무보다, 혼자 들에서 자란 나무가 더 큰 그늘을
만드는 법이란다."
엄마는 동네 어귀에 우뚝 선, 우람한 느티나무를 가리키며 말씀
하셨습니다.


그래서 전 엄마의 말씀대로 혼자서 지내는 나날들에 매
우 익숙해져 있는 편이었습니다.
엄마가 집을 비운 날이면 날마다 전 초록들판이며 강이며 동산
끝이며 이름 모를 골짜기를 쏘다니곤 하였습니다.
봄이면 버드나무 가지를 꺾어 호드기를 만들어 불었고, 여름이
면 도랑물에다 색종이로 접어 만든 종이배를 띄웠습니다. 가을
이면 붉게 물든 산을 바라보며 메아리를 보냈고, 겨울이면 가로
수 길을 따라 어디론가 끝없이 걷기도 했습니다. 그 하얀 길 위에
다 제 조그만 발자국을 남기면서 말입니다.


엄마는 고단한 행상 길에도 어린 저를 가슴에 꼬옥 품고
다니셨던 모양입니다.
"어디 한 시라도 너를 잊은 적이 있더냐?"
엄마의 그렁한 눈물이 지금도 눈에 선합니다.
그렇게 눈물 반 웃음 반으로 저를 쓰다듬으시던 엄마는, 마침내

어떻게 그리워하는지

보따리를 내려놓으십니다. 그것은 그동안 엄마를 무겁게 짓누르던 고행의 보따리입니다.

　　하지만 그 보따리에, 그렇습니다!
엄미가 풀어놓은 그 빈 보따리에, 상상조차 할 수 없는 이야기가 가득 담겨 있을 줄을 제 어찌 알았겠습니까.
그러니까 그 빈 보따리는 이야기보따리였던 셈이지요.
그 보따리엔 사람의 살로 만두를 빚는다는 무시무시한 '수호지 마을'도 들어 있었고, 하루를 영원히 운다는 '아름다운 종소리 마을'도 들어 있었으며, 하루에 '마흔세 번씩이나 해지는 풍경을 바라볼 수 있는 작은 어린왕자의 별'도 들어 있었습니다.
어느 땐 아흔아홉 고개를 넘다가 호랑이를 만나 그 호랑이를 잠재우고 온 이야기가 들어 있기도 했습니다.

　　정말 무궁무진합니다.
그 무궁무진한 이야기들이 새록새록 잠들어 있다가도 엄마가 그것들 하나 하나를 조용히 흔들어 깨우면, 그것들은 별처럼 눈을 반짝 뜨고서 꿈꾸듯이 제게 도란거리기 시작하는 겁니다.
그러면 전 밤새도록 이상한 이야기나라의 떠도는 방랑자가 되곤 했습니다.

어쨌든 여름에 들른 샤갈의 마을도 그런 이야기들 중 하나였을 것입니다.

저는 오늘도 변함없이 엄마의 길을 밝힙니다.


그래요, 엄마.

전 언제고 엄마의 길이 되어 그곳에 눕겠습니다.

그 길 따라 엄마는 엄마가 가고픈 곳이면 어디든 가셔요.

샤갈의 마을이든, 수호지의 마을이든, 그 어디든!

오늘은 샤갈의 눈 내리는 마을에 엄마는 당도하셨습니다.

그곳이 엄마가 하룻밤 묵으실 곳입니다.

샤갈은 오늘밤도 밤을 하얗게 새며 그림을 그리겠지요.

엄마가 그 마을에 당도하신 것을 샤갈이 모를 리 없겠지만, 그는 시치미를 떼고 그림에만 몰두할 것입니다.

그는 방금 송아지를 낳은 외양간의 암소를 그리고 있는 중입니다.


죄송스럽지만 엄마, 그 외양간이 바로 엄마가 쉬셔야 할 곳입니다.

물론 그 까닭을 엄마는 너무도 잘 아시겠지요?

엄마는 오늘 그들의 탄생을 축복하고 또 그들을 지켜주려고 주인에게 자진해서 그곳 잠자리를 택하셨을 테니까요.

어떻게 그리워하는지

엄마가 잠드신 외양간은 밤새 불이 환할 것입니다.
그래서 눈은 그 외양간 불빛에 모여 붐빌 것입니다. 눈발은 마치
그 불빛을 향해 아낌없이 몸을 던지는 부나방이들 같습니다.
밤에 내리는 눈은 늘 그런 그리움들로 부산을 떱니다.


## 눈 내리는 마을에서의 하룻밤


엄마.
이제 짐을 내려 놓으셔요.
당신이 진 그 짐이 너무 무거워 보입니다.
그곳이 비록 외양간일망정 엄마의 고단한 길을 잠시라도 쉬셔
요. 그래요. 따뜻한 짚을 깔고 편히 그곳에 누우셔요.
그런 엄마의 새우잠이 저는 무척이나 안타깝습니다.
지붕 위에 쌓이는 눈은 소리도 없이 한밤 내내 내리겠지요.
눈은 새털처럼 날개를 달고 내려앉습니다.
낯선 사람들이 모여서 정답게 이야기를 나누듯 눈은 서로의 몸
을 부비면서 외양간이며 숲이며 강에 내립니다. 저 먼 산 아니라
마당에도 내리고, 드넓은 들판 아니라 쇠오줌 통에도 내립니다.
그때면 집집마다 창문을 통해 불빛들이 밖으로 새어나옵니다.

또한 사람들의 두런거림도 그 불빛에 섞여 밖으로 함께 나들이를 나옵니다.

모두들 식탁에 둘러앉아 뜨거운 차를 마시고 있습니다. 그릇 부딪는 소리가 차랑차랑 들리는 걸 보면, 그 집 엄마는 주방에서 설거지를 하고 있는 모양 같네요.

무슨 이야기인지 확실치는 않지만 그들은 창을 통해 밖을 내다보며 이야기를 나누고 있습니다.

아마 눈 이야기를 나누고 있는 게 아닐까요? 내일도 역시, 이들은 지붕 처마 끝까지 쌓인 눈을 치우지 않으면 안 되니까요.

이튿날 아침, 마을 사람들은 눈을 수레에다 가득 싣고 사막으로 가야 합니다.

사막엔 이들이 버린 눈더미가 커다란 산처럼 쌓여 있습니다. 마치 눈부신 거인 같습니다. 사막에 우뚝 선 눈산들이 정말 굉장합니다.

어떤 눈더미는 아주 작아서 조그만 물웅덩이를 만들었다가 곧 말라 버리고 마는 것도 있긴 하지만요.


그렇지만 그 눈을 계속 한 군데다 모아놓으면, 그곳에선 맑고 찬 샘물이 고여가기 시작합니다. 참 신기한 일입니다.

어디 그뿐입니까. 거대한 눈산을 만들면 그곳에서 흘러내린 물이 사막을 파고서 구불구불 아주 큰 강이 된답니다.

그래서 샤갈의 마을 사람들은 늘 바쁩니다.

건장한 청년들은 거대한 눈산을 만들어 쉬임없이 강을 흐르게 하느라 바쁘고, 아이들은 작은 눈더미를 소복소복 만들어 샘물을 고이게 하느라 바쁩니다.

뭐 아무래도 좋습니다.

이 일을 하루도 거르지 않고 매일매일 한다는 것이 중요하니까요.

이렇게 매일매일 강과 샘물을 만드는 일이 이 마을 사람들이 해야 할 일입니다.


　　　엄마.

샤갈의 마을에서 잠이 든 엄마.

엄마가 당신에게 지워진 무거운 짐을 불평하지 않듯이, 이 샤갈의 마을 사람들도 그들의 고단한 일을 결코 불평하지 않습니다.

오히려 그들은 강과 샘물을 만드는 일을 즐거워하고 있습니다.

목마른 사람이나 목마른 낙타에겐, 강과 샘물이 얼마만큼 중요한지를 엄마는 아시지요?

그들이 사막에서 돌아와 고단한 잠이 들면, 밤새도록 눈은 지붕에 내려 쌓여 하얀 이불이 될 테지요.

그때면 사람들은 겨드랑이에 날개를 달고 하늘로 날아오르겠지요.

날개를 달고
날개를 달고
황금비 내리는 나라로 간다

그건 분명히 희망의 노래입니다.

날개를 달고
날개를 달고
꿀벌의 나라로 간다

꿀이 먹고 싶은 다섯 살 아이의 노래입니다.

날개를 달고
날개를 달고
수정의 궁전으로 간다

아마도 늠름한 왕자를 그리는 아가씨들의 합창일 겁니다.
그렇게 상상의 날개는 그 어디든지 이들을 데려다줍니다. 어느
날은 지구 밖 멀리 별나라에 갈 때도 있습니다.
아주 드물긴 하지만, 생 떽쥐베리의 어린왕자가 있는 작은 별을
보고 온 아이도 있거든요.

"어린왕자는 외로워 보였어."

아이는 말합니다.

거만하고 까다로운 성격의 꽃과 어린왕자가 정말 화해를 했는지 어떤지는 알 수 없지만, 바삐 의자를 끌어당겨 해지는 풍경을 바라보는 어린왕자의 쓸쓸한 모습을 아이는 보았겠지요.

그래서 아이는 어린왕자와 이야기를 나눌 생각으로 날개를 접고서 그 작은 별에 내려앉으려고 했겠지요. 그런데, 문득 샤갈의 마을 멀리에서 수탉이 울었을 게 분명합니다.

참으로 안타까운 일입니다.

수탉의 울음!

그것은 샤갈의 마을 사람들이 꿈에서 깨어나야 한다는 신호나 다름없거든요.


　　　　하지만 지금도 아이는 포기하지 않을 겁니다.

그 아인 어린왕자가 있는 작은 별에 가기 위해 오늘도 꿈을 꿉니다.

엄마.

그 아이의 이름이 바로 '어리'입니다.

어리는 엄마께 하룻밤 편안한 잠을 마련해준 주인집 딸의 이름입니다.

송아지를 낳은 축복의 외양간에서 엄마는 지금 무슨 꿈을 꾸고 계시는지요.

어 떻 게  그 리 워 하 는 지

혹시 어리와 함께 어린왕자를 찾아 먼 별나라를 여행하고 있는 것은 아닌지요.

엄마.

기다리겠습니다.

엄마가 돌아오시는 날, 전 엄마가 들려주는 '어리와의 이야기'를 밤새껏 들으렵니다.

그리고 하루에도 마흔세 번이나 해지는 풍경을 보려고 의자를 끌어당기는 어린왕자의 이야기를 들으렵니다.

엄마.

편안한 밤 되셔요.

밤이 깊습니다.

이렇게 포근히 눈 내리는 밤, 수탉이 울기엔 아직도 새벽이 먼 듯한 깊고 깊은 겨울밤입니다.

엄마의 손금에 뜨는 강

　　엄마.
이제 엄마는 제 곁에 계시지 않습니다.
하지만 엄마는 결코 먼 곳에 계신 것이 아닙니다. 왜냐하면 엄마
가 영원히 제 곁을 떠나셨더라도 제 마음속엔 엄마가 늘 함께 하
고 계시니까요.
사랑합니다, 엄마.


　　드문드문 켜지는 마을 불빛이 사무치도록 그리운 밤입
니다.
비록 엄마가 녹두꽃처럼 내 안에 가득히 피어나, 애야 피어난다
는 건 곧 진다는 전제하에서 이루어지는 거란다 하시더라도, 전
엄마가 영원히 이 땅에서 떠나신 거라곤 믿지 않겠어요.
우리네 삶이란 향기와 같은 것이기도 하여, 전 엄마를 흔드는 바
람이 되겠어요.
문 밖에서 겨울을 우는 부엉이의 울음소리가 더욱 깊어지는데,
엄마는 호롱불 밑에서 일렁이는 영혼의 그림자로 저를 잠들게
하셨지요.
밖은 하얀 달빛으로 눈부시고, 누구도 찾아올 리 없는 적막강산

어 떻 게　그 리 워 하 는 지

의 겨울나라에, 사랑하는 사람들 빈 몸으로 눕고, 빈 몸으로 누워 슬픈 피에로로 떠납니다. 저들 나라로 떠납니다.

이렇게 눈이 내려 하얀 밤.
저는 꿈속에서나마 시를 씁니다.
엄마를 부르며, 사랑하는 먼 날을 기약하며 시를 씁니다.

어느 날
엄마는 손금에다 몰래 강을 띄우셨다
강은
조용히 엄마의 숨결처럼 흘러갔다

그러자 손금을 들여다보시던
엄마의 얼굴이
고요하고 깊은 물결로
어리어 갔다
그렇게 어리어서 엄마는
마침내
흐르는 물결이 되어 가고 있었다

아아
흐르는 것은 강이 아니었다
엄마였다
엄마는 그렇게
세상 밖으로 떠나고 있었다
내 마음의 먼 그리움으로
떠나고 있었다


그날 밤, 눈이… 그래요, 정말 그토록 굵은 눈송이는 난생
처음 보았습니다. 문을 여니, 눈은 땅이 무너져라 펑펑 내리고 있
었습니다.
"엄마! 엄마! 눈이 와! 함박눈이 오고 있다구!"
저는 곤히 잠드신 엄마를 흔들어 깨우려고 무척이나 애를 썼었
지요.


그러나 엄마는 끝내 잠에서 깨어나지 않으셨어요.
이상하게도 그날은 왠지 수탉의 울음이 들리지 않았습니다.
그랬어요.
새벽이 되어도 수탉은 울지 않았어요. 날이 훤한 아침이 되어도
수탉은 울지 않았습니다.
아침에 닭장에 가보니, 수탉은 엄마가 떠나신 것이 자기 탓인 양,

끄르르 끄르 끄르르륵… 잔뜩 목이 메어 하늘만 쳐다보고 있었더랬어요.

눈이 그친 하늘은, 그야말로 너무 너무 파랬습니다.

유리알같이 맑은, 돌을 던지면 쟁그랑 금이 갈 것만 같은, 그런 하늘이었습니다.


　　　언젠가 엄마는

"이런 날 연을 날리면 참 멀리도 가겠구나."

하시며 오래오래 하늘을 올려다보셨지요.

아아, 그 말씀이 지금에 와서 새삼 떠올려지는 것은 무슨 까닭일까요?

끊어진 연처럼 멀리 떠나신 엄마.

그러나 전 엄마께 "엄마여 이제 안녕!"이라고 손을 흔들지는 않으렵니다.

왜냐하면 엄마가 가시는 그 길은 분명히 제 마음 안에 놓여 있기 때문입니다.

아직도 그 길로 엄마는 평상시와 다름없이 떡 광주리를 이고 계십니다. 엄마의 그림자 뒤론 어김없이 검둥개 한 마리 외롭게 따라 오고 있습니다. 그렇게 오늘도 내일도 변함없이, 이 마을 저 마을 떠돌아다니시며 엄마는 여전히 낯선 문들을 여실 테지요. 또 돌아오시는 길에, 엄마는 외롭게 감나무 가지에 앉은 어린 까마귀를 발견하게 될 거구요. 그러면 엄마는 팔다 남은 떡 한 개를 그 빈 나뭇가지 끝에 걸어놓고 오실 게 틀림없습니다.


　　　엄마.
엄마를 생각할 때마다 이 흐릿한 풍경들이 한 장의 빛바랜 흑백 사진처럼 자꾸만 떠오르곤 합니다.
그렇게 색깔이 지워진 아득한 엄마의 풍경이 오늘도 빈 감나무 가지 끝에 걸려 외롭게 흔들리고 있습니다.


　　　아, 엄마.
이 모든 것들이 부르면 메아리로 남는 엄마의 모습들입니다.
엄마는 그런 모습으로 메아리처럼 서 계십니다.
제 마음의 먼 그리움으로 거기 서 계십니다.

## 어찌 새처럼 멀리 날아갈 수 있으리

끊어진 연은 바람에 저항하지 않습니다.
다만 바람 따라 멀리멀리 떠날 뿐입니다.


　　　엄마.
오늘도 언덕에 올라 연을 날립니다. 그러나 연이 어찌 새들처럼
멀리 날아갈 수 있겠습니까.
"이런 날 연을 날리면 참 멀리도 가겠구나."
하시던 엄마의 말씀을 잊을 수가 없어, 맑고 바람 부는 날이면 저
는 언덕에 올라 연을 날리곤 합니다.
이 겨울도 어느새 끝나가고 있습니다.


　　　남쪽 하늘로부터 바람이 불어오고 있습니다. 바람냄새가
무척이나 싱그럽고 따뜻하게 느껴집니다. 바람을 안고 있는 연이
자꾸 고개를 끄덕이며 누구에겐가 인사를 하고 있습니다.
그런데 연은 갑자기 머리를 좌우로 흔들어대더니 한 바퀴 비잉
맴을 도는 겁니다. 뒤 이어 팔락팔락 너울거리던 꼬리가, 같은 방
향으로 둥근 맴을 돕니다. 마치 상모를 돌리는 아이처럼 연은 연
신 까불어대고 있습니다. 그러다가 언제 그랬냐싶게 점잖을 빼

고 하늘로 높이 솟아오릅니다. 아마 남쪽에서 불어오는 바람냄
새에 흥분한 탓인지도 모르지요.

아니면 혹 누군가를 기다리고 있는 것은 아닐까요?

정말 그런가 봅니다.

얼마 후 깨알같이 까만 점들이 남쪽 하늘로 나타나기 시작했으
니까요. 자세히 보니 멀리 시베리아 북쪽으로 날아가는 물떼새
들입니다.

헤아릴 수 없이 많습니다.

하나 둘 셋 넷…일곱 여덟… 도저히 셀 수조차 없군요.


　　　어디로 가냐구요?

그건 정확히 알 수 없습니다. 그거야 저 새들 마음이겠죠. 짐작컨
대 우수리 강이나 몽골의 대평원일지 모른다는 추측만 할 뿐.

저기 날아오고 있는 것은 물떼새들뿐만이 아닙니다.

오리떼도 있고 도요새떼들도 있습니다. 뒤 이어 난데없이 하얀
눈송이가 하늘에 뿌려지고 있는 걸 보니, 고니나 흰기러기떼가
틀림없어 보입니다.

이렇게 가고 오는 철새들의 행렬을 바라보다 보면, 사람도 언젠
가는 새가 되고야 마는 것임을 어렴풋이 깨닫게 됩니다.

그래요, 엄마.

엄마는 새가 되셨습니다.

훨훨 자유로운 새가 되셨습니다.

그러나 엄마는 홀로 날아가는 새입니다. 동무가 없는 쓸쓸함으로 산과 언덕과 들판을 건너 홀로 외로이 날아가는 새인 것입니다.

어느 날 골목길 하얀 담장을 돌아가다가 문득 지붕 너머로 솟아오르는 한 줄기 푸른 연기를 발견한 적이 있습니다.

그걸 바라보면서, 전 영혼 한 줄기가 소르르 연기되어 제 어깨를 떠나는 걸 느낄 수 있었습니다.


　　　그때 전 날 수 있을 것 같은 기분이 들더군요. 정말이지 전 깃털처럼 가볍게 떠오를 수 있을 것 같았습니다. 마치 그리움에 미칠 것 같은 바람이, 저를 하늘 높이 떠오르게 하는 것 같았습니다.

정말 그리움은, 꽃잎처럼 아름답고 깃털처럼 가벼운 걸까요?

그럴까요?

햇빛이 눈부시던 그날.

그날 전, 외로움을 같이 할 동무가 그리워 어디론가 훨훨 날아가고 싶었을지도 모릅니다.

엄마.

이 하얀 담장을 돌아가면

눈부신 유리창을 가진 이발소가 있어요.

그 루핑 지붕 너머

바람이 붑니다.

톱밥난로 굴뚝에서는 따뜻한 연기가

바람 따라 먼 곳으로 멀리멀리 외출하지요.

눈 덮인 겨울산

갑자기 누군가가 그리워 못 견뎌져요.

그리하여 마른 마음 빨갛게 불살라버리고

홀홀이 날아갑니다.

친구가 하나 있으면 좋겠다고 생각하며 날아갑니다.

어디에고 마을이 있고

불빛도 깜빡이는데.


엄마.

언제부터인가 저는 낯선 마을을 그리워하는 버릇이 생겼습니다.

그건 바로 엄마 때문이었죠. 엄마께서 들려주시던 이상하고 신

비한 마을 이야기가 저에겐 꿈이 되어 버린 겁니다.

어디든 가고 싶습니다.

그 어디든!

정말 갈 수만 있다면, 나그네에게 수면제를 타 먹이고 달밤에 칼을 가는 야만의 마을인 '수호지 마을'에도 가고 싶고, 거대한 눈사람이 우뚝 선 사막 한가운데도 가고 싶습니다.

또 어느 땐 사막에서 '어린왕자'를 작은 별로 되돌려 보낸 노란 독사를 만나고도 싶고, 정지된 시간과 초월의 시간 사이를 넘나들며 여행을 하는 '모모'를 만나고도 싶습니다.

마음이 외로울 때면 엄마께서 늘 잊을 수 없다던 '아름다운 종소리 마을'로 가서 붉게 타오르는 저녁노을을 하염없이 바라보고도 싶구요.


　　　엄마.

이 겨울이 끝나면 엄마는 어디쯤 가 계시는 걸까요?

언덕 아래 마을에선 집집마다 푸른 연기가 모락모락 솟아오릅니다.

댕그랑 댕그랑 교회당 종소리, 밀레의 노을처럼 퍼져갑니다.

생각하면, 저기가 바로 엄마께서 말씀하시던 그 '아름다운 종소리 마을'이 아닐까요?


　　　그래요 엄마.

여윈 어깨를 끌어당겨 두 팔로 서로를 꼭 껴안아 줄 사람들이 저 마을에도 분명히 있습니다.

그리하여 가슴과 가슴이 맞닿으면 아름다운 종소리 맑게 울릴 겁니다.

그러면 어느새 그 종소리 금빛 강으로 흘러가, 언젠가는 엄마의 서늘한 이마에 닿을 날 있겠지요. 하이얀 물거품으로 닿을 날 있겠지요.


　　　엄마.

이제 연줄을 끊으렵니다.

연과 저와의, 팽팽히 이어진 인연의 끈을 끊으렵니다.

하지만 그것은 매정한 버림도 아니요, 돌아서면 남이 되는 야멸찬 이별도 아닌 줄을 엄마는 아시지요?

어느 해 겨울의 끝.

바람 부는 언덕에 서서 멀리 연을 놓아주며 엄마가 하신 말씀을 전 기억합니다.

"끊어진 연은 바람에 저항하지 않는단다. 다만 바람 따라 멀리멀리 떠날 뿐이지."


　　　그래요 엄마.

이제 또 다시 겨울의 끝에 저는 서 있습니다. 툭! 하고 끊어지는 그 느낌만으로 겨울이란 마지막 달력을 찢습니다.

연은 자유롭게 새들이 떠난 북쪽으로 훨훨 날아가고 있습니다.

마치 반짝이는 하얀 새 같습니다. 아니 꼬리 달린 공작새라고 해야 더 옳을까요?

이젠 너무 멀어 가물가물 한 것이, 그게 연인지 새인지 도무지 분간조차 되지 않습니다.

그러나 연이 어찌 새들처럼 멀리 날아갈 수 있겠습니까.

왜냐하면 지난해에 날려보낸 연도 그리 먼 곳은 가지 못했거든요.

안타깝게도 그 연은 마을 어귀 감나무 가지 끝에 걸려 바람에 찢겨져 있었습니다. 엄마가 까마귀밥 하라고 떡 한 개를 걸어놓았던 그 감나무 가지에 말입니다.

어린 까마귀 한 마리, 멀리 날아가지 못해 눈 덮인 들녘만 오래오래 바라보던 그 감나무가 맞습니다.

그 연도 역시 감나무 가지에 앉아, 어린 까마귀처럼 차마 이곳을 떠날 수가 없었던 건 아닐까요?

그래서 불어오는 바람에 가슴을 찢긴 채, 세상을 잃어버린 듯 마냥 그렇게 펄럭이고 있었던 건 아닐까요?


　　모릅니다.

다만 제가 그날 느낄 수 있었던 건, 어쩐지 제 가슴도 그 무언가에 의해 심하게 펄럭이고 있었다는 사실뿐.

하지만 걱정 마셔요 엄마.

지금 이 연은 아주 멀리 산 너머로 날아가고 있으니까요.

이 연이 바로 엄마와 제가 만든 연입니다.

오늘따라 바람이 잘도 부는군요.

마을에서 솟는 푸른 연기들도 머리를 일제히 북쪽으로 두고 있습니다.

엄마가 그동안 지녔었던 몸을 이 세상에 놓아두고 떠나시던 날, 그 굴뚝에서 솟던 푸른 연기도 이렇게 머리를 북쪽으로 두고 있었어요.


      엄마.

마음이 맑으면 세상도 맑아져 보인다는 말은 정말로 옳습니다.

오늘이 바로 그런 날입니다.

오늘 저는 그런 맑음으로 연을 띄워 보냅니다.

노을에 물든 아름다운 세상 저쪽 너머로 날아가는 연이여,

안녕!

그러나 눈시울 붉어 엄마가 그리워도, 새처럼 날아가는 자유가 더 소중한 것임을 알기에 저는 한결 마음이 가벼워집니다.


      그래요 엄마.

끊어진 연은 바람에 저항하지 않습니다.

다만 바람 따라 멀리멀리 떠날 뿐입니다.

# 시월의 마지막 밤

시월의 마지막 밤이 깊어가네. 나는 이 밤이 다 가기 전에 써야 할 이야기가 있네. 그믐이어서인지 캄캄한 하늘엔 페가수스의 창이 밝게 열려 있네. 그 열린 가을 끝의 별들을 나는 쳐다보네. 어머니가 거기 있네. 쓸쓸한 밤, 어머니는 저쯤 외진 곳에 흐리게 떠 있네. 나의 어머니, 산골짜기 고적한 요양원에 기억을 지운 채 갇혀 있네. 어머니가 그리던 세상으로 여행을 떠날 수 없도록 아들인 내가 가두었네. 매일 밤 어머닌, 아들을 곁에 두고도 나를 찾아 밤길을 걸었네.

밤눈이 내린 겨울엔 어머니의 하얀 발자국이 멀리 갔네. 나는 그 발자국을 따라 하염없이 걸었네. 어머닌 골목 벽에 기대어 있었고, 어머닌 가로등 아래 서 있었고, 어머닌 빈 논밭 한가운데 서서 저쪽 어두운 숲을 바라보고 있었네. 달밤이면 이상한 밤새 한 마리 날아갔네. 그게 까마귀인 듯싶은지 어머닌 퉤 하고 침을 뱉었네. 그때도 어머닌 혼자였네. 나는 멀찍이 그런 어머닐 바라만 보고 있었네.

이 도둑놈아, 네 놈이 훔쳐갔지? 어서 내놔라, 라고 어머닌 나를 다그치네. 어머니가 감춰둔 돈이 사라져 나는 꼼짝없이 도둑놈이 되었네. 한참을 뒤져서 어머니의 돈을 찾아주네. 그러면 어머닌 또 그 돈을 남몰래 감추네. 시간이 지나면 어머닌 또다시 내게 호통을 치네. 이 도둑놈아, 네 놈이 훔쳐갔지? 어머니와 나의 도둑놀이는 늘 이렇게 반복되었다네.

사실, 나는 도둑놈이 맞네. 어머니의 사랑을 도둑질하고, 어머니의 꽃다운 청춘을 도둑질하고, 어머니의 웃음을 도둑질하고, 어머니의 아름다움을 도둑질했네. 나는 도둑놈이 맞네. 그리고 대신 어머니에게 나는 근심을 한아름 안겨주었네. 평생을 어머닌 그 근심 하나로 살았네. 그래서 어머닌 늘 아팠네. 가슴이 아팠네.

청년이었을 적 나는 방랑을 했네. 오래 다니던 교육대학을 졸업도 못하고 나는 한겨울 무작정 떠났다네. 기적처럼 그렇게 낭만이란 이름의 구름열차를 탔다네. 얼마나 신이 났던지…. 나는 자유! 라며 콧노래를 부를 정도였다네. 한겨울을 나는, 삼척 부둣가, 정선 골짜기, 고한 탄광촌을 헤매었네. 칼바람도 내겐 부드러웠고, 매서운 혹한도 내겐 따뜻했다네. 석탄더미 흩어진 골목에선 튼튼한 광부들의 노랫소리가 나를 한없이 취하게 했네. 비린내 나는 부두에선 돌아오는 빈 배의 고동소리가 나를 울렸네. 나는 그 모두를 다 사랑할 것 같았다네.

어느 날 나는 사북 탄광촌의 골짜기로 들어섰네. 산은 텅 비어 있었네. 눈 내린 골짜기는 눈시울만 부셨다네. 괜스레 눈물이 자꾸만 비어져 나와 난 그만 어머니를 부르고 말았다네. 아니, 마음속에 깊이 감춰두었던 어머니가 나를 불렀는지도 모르네. 그리하여 산이 비로소 그 소릴 내게 전해주었는지도 모르네. 어머니이~. 나는 그 깊은 겨울산의 메아리를 오래오래 들었네. 그렇게 비어 있는 산이 나를 어머니에게로 떠밀었네.

나는 돌아왔네. 돌아오는 날 눈이 펑펑 내렸네. 어머닌 집 골목을 벗어난 길, 외진 어귀에 서 있었네. 버선도 신지 않은 맨발이었네. 하얀 눈사람이 되어 거기 하염없이 서 있었네. 눈이 오면 반가운 손님이 찾아온단다. 어릴 적 어머닌 그런 동화 같은 이야기를 들려주었었네. 아들은 거지가 다 되어 돌아왔네. 팬티는 삭아 너덜거리고, 바짓가랑이는 닳아 헤어져 있었네. 어머닌 장롱 속에서 당신이 손수 손질한 순결한 옷을 내게 건네주었네. 밥은 김이 모락모락 났고 석쇠에 구워진 꽁치는 자글거렸고 나물반찬은 정갈했네. 나는 그 밥을 말없이 먹었네. 그리고 거기다 비워낸 밥그릇에 어머니가 있었네. 빈 겨울산의 메아리로 고여 있었네.

바람처럼 쏠려간 어머니의 기억속엔, 지금의 나는 없네. 옛날의 어린 나만 남아 있네. 이 시월의 마지막 밤에 그런 희미한 어머니가 메아리처럼 떠 있네. 슬프고도 외롭게 떠 있네. 나는 차마 어머니를 부르지 못하네. 이 밤이 다 가도록 나는 나의 어머니가 어디 있는지 알지 못한다네. 그런 천치 같은 아들로 먼 가을 밤하늘을 하염없이 쳐다만 보고 있다네.

내 마음 어릿광대

어떻게 그리워하는지

눈 내리는 날, 나는 서커스 구경을 갈 거야.

난장이 어릿광대는 슬프고 외롭다고 했어. 남을 웃겨야 한다는 일이 그에게는 정말 웃기는 일이었나 봐.

나는 어느 날 그 난장이 어릿광대가 거울 앞에서 빨간 코를 그리고 있는 걸 보았어. 커다란 입은 늘 웃고 있었고, 두 눈엔 십자성이 반짝였지. 그게 웃기면서도 슬프게 보였어. 그리고 헐렁한 무당벌레 무늬 반바지와 윗저고리를 입고는 히죽히죽 웃어보기도 하고 깡충깡충 뛰어다니며 공중제비를 해보기도 하는 거였어.


어릿광대는 그것이 굉장히 재미있었나 봐.

그날은 참, 눈도 펑펑 많이 와서 서커스 천막을 하얗게 뒤덮고 있었어. 눈이 자꾸만 내리는 거야. 주변의 판잣집도 하얗고 철로의 아득한 길도 하얗고 키 큰 나무들도 하얗게 서 있는, 하얀 하얀 나라였다니까? 아마, 그날은 까마귀조차도 하얬을 거야.

이런 하얀 나라에선 그림자가 없는 법이지.

언젠가 하느님에게, 하느님은 왜 그림자가 없느냐고 물은 적이 있었어.

그러자 하느님은, 아니다 난 사실 투명한 그림자일 뿐이란다, 그래서 슬프구나, 했어.

그럼 우린 슬픈 건가요?

내가 건방지게 또 묻자 하느님은 아무 말도 하지 않았어. 그냥 가만히 서 있기만 했어. 난 그 모습이 지금도 아리송하단 말야.

어쨌든 좋아. 그런 거야 어른이 되면 알 수 있겠지.

골치 아프게 지금 생각한다 해도 난 철학가는 될 수 없어. 철학가는, 논리와 합리를 얼마나 따지는지…. 그냥 웃어넘길 일도 그들은 좋게 넘기는 법이 없지. 꼬치꼬치 따지고 물어뜯고 해부하고 분석해야만 직성이 풀리는 참으로 '참을 수 없는 존재'이니까.

암튼 그날은 눈이 자꾸만 와서 서커스 단장이 울상인 얼굴로 하늘을 쳐다보고는 했어. 자꾸만 눈이 오니까 누가 서커스 구경을 하겠냐는 거지.

하지만 어릿광대의 의견은 달랐어. 반드시 오늘은 재수가 좋은 날이라는 거야. 두고 봐. 눈처럼 몰려올 테니까….

정말 그날은 인산인해였어. 어디선가 눈나라에서 오는 사람들처럼 손님들은 하얀 눈사람이 되어 모여들었어. 하얀 색소폰의 애조음처럼 말이지.

것 봐. 내가 뭐랬어. 난장이 어릿광대는 의기양양, 눈 위를 강아지처럼 뛰어다녔지.

넌 뭐가 그리 좋아? 내가 물었지.

돈을 버니까 즐겁지.

돈이 벌리면 즐거운 줄 그때 알았어.

하지만 당장 눈송이가 돈이 되어 내린다 해도 난 아버지를 잊을 순 없어.

여름 뙤약볕이 이글거리는 오후, 아버지는 건장한 사내 둘에 의해 끌려갔지. 아버지는 지푸라기처럼 힘없이 구겨져서 어두컴컴한 방안을 일삿 돌아보고는 긴 그림자를 끌며 사라져 갔어. 2년 전 죽은 엄마의 사진이 방 한쪽 구석에서 웃고 있었는데 태양이 너무 부셨기 때문에 아버지가 간 길이 굉장히 먼 길이라 생각되었어. 다만 어질어질 현기증이 나서, 나는 엄마에게 웃지 마, 웃지 마, 엄마! 아버지가 끌려갔단 말이야 그랬지. 그래도 엄마는 흐리게 자꾸만 웃고 있었어.

어두운 방안에서 아버지를 웃으며 떠나보낸 엄마의 그 여름이 다 가도 아버지는 돌아오지 않았어. 아버지가 그립다는 생각은 들지 않았어. 좀 쓸쓸하고 심심할 뿐이어서 난 이따금씩 집 골목 어귀를 지나가는 사람들을 향해 팔뚝질을 하거나 욕설을 퍼붓곤 했지.

저 새끼 꼭 즈 아범을 닮았군. 사람들은 침을 뱉으며 지나갔지. 난 그게 얼마나 재미있었는지 몰라.

내가 아버지를 면회 갔을 때 아버지는 면회실 창살 너머에서 나를 물끄러미 쳐다보고는, 겨울이면 나간다 눈 오는 날 와라, 했어. 그리고 교도소 안쪽으로 교도관과 함께 사라졌지. 내가 그때 아버지에게 차입한 물건은 엄마의 흐리게 웃는 사진이었지. 엄마는 교도소 안에서도 아버지 앞에서 웃을 수 있을까. 아버지는 엄마의 사진을 보며 눈 내리는 날을 학수고대하고 있었을까.

마침내 겨울, 눈이 내렸어. 함박눈이 예수가 탄생했다는 날의 며칠 전부터 펑펑 내렸어. 나는 학곡리에 있는 교도소를 향해 갔지. 이른 새벽엔 나밖엔 없었어. 그곳 교도소엔 갇혀 있는 사람들이 먼 날을 꿈꾸며 누군가를 기다리고 있었지.
한참 있으려니 출옥수 가족들이 하나둘씩 모여들었어. 사람들은 꽤 많이 북적거렸는데 아마도 성탄절 특사로 많은 죄수들이 풀려나는 날이었나 봐.
참 재수 없으려니 그렇게 된 거지요. 법이란 게 귀에 걸면 귀걸이고 코에 걸면 코걸이 아니겠어요?
제 아들이, 제 동생이, 제 남편이 재수 없어서 저 꼴이 되었다는 투로 즐겁게 웃으면서 기다리고 있었어. 나도 휘파람을 불어제꼈지. 아버지가 나오면 두부를 먹일 테야. 개처럼 한입에 콱 물어 버려요, 이렇게 말해줄 테야.

그러나 저마다 가방이나 보퉁이를 끼고 나오는 출옥수들 틈에 아버지는 없었어. 왁자지껄 두부 먹이며 낄낄거리는 사람들 틈바구니에도 아버지는 나타나주지 않았어.

어 떻 게   그 리 워 하 는 지

나는 가져간 두부를 발로 짓이기고는 돌아왔지. 네 아버진 아직 때가 안 됐어, 하는 교도관의 말을 뒤로 하고 말야.

그 후, 눈만 내리면 아버지를 만나기 위해 면회를 갔지. 하지만 면회가 되지 않았어.

그래 나는 한동안 이리저리 쏘다녔어. 이 도시 저 도시, 이 미을 저 마을로, 이 산 저 산 너머로 꿈결같이 떠돌아다녔어. 그리고 집에 돌아온 날, 나는 꿈을 꾸었지. 꿈속에서 엄마를 본 것 같았는데 엄마는 어느새 사라지고 벌판만 아득하게 펼쳐져 있었어. 그 벌판 끝에서 들불이 일었어. 푸른 연기가 하늘을 뒤덮었어. 그걸 보자 오줌이 마려워 미치겠는 거야. 나는 길게 오줌을 누었지. 그 오줌이 범람하여 나무와 집과 염소와 사람들을 쓸어 갔지. 엄청난 홍수였어. 산이 떠내려가고 마을이 떠내려가고…. 나는 문밖에서 누군가 문 두드리는 소리에 잠이 깨었지. 칠칠맞게도 나의 바지는 지린내로 흠뻑 젖어 있었어. 부끄럽진 않았지만 칙칙한 것이 왠지 기분이 나빴어.

아침에 찾아온 저승사자는 교도관 둘이었지. 그들은 아버지를 안고 왔어. 아버진 마법사처럼 하얀 상자 안에 들어 있었어. 어찌나 꼭꼭 숨었는지 머리카락 한 올조차 내비치지 않았어. 아버진 그렇게 완벽하게 숨어서 숨바꼭질을 하고 있었던 거야.

네 아버진 탈옥하다가 총에 맞았단다. 다 운명이지. 마치 그들은 고뇌하는 철학가처럼 그렇게 말하고는 뼛가루가 된 아버지와 흰 봉투를 남기고 가 버렸어. 밖에는 눈이 내리고 있었지. 눈이 오면 나가마. 아버진 내게 한 약속을 결국 지켰던 셈이지.

흰 봉투엔 엄마의 얼굴이 들어 있었어. 엄마는 여전히 웃고 있었지. 아버지를 이제야 모시고 왔구나, 얘야.

아버지의 뼛가루와 엄마의 사진을 찢어 겨울강에 날려 버린 날, 돌아오는 길에서 만난 서커스는 얼마나 재미있었는지….

그곳에서 본 난장이 어릿광대는 슬프도록 아름다웠지. 버림받은 사랑이 거기에 있었어. 서커스 코끼리가 하얀 콧김을 뿜어대며 하늘을 쳐다보고 있던 그날.

비록 세상이 조금은 언짢은 것이라 할지라도 결코 사악하다고는 생각지 않아. 하느님은 아버지의 그림자를 거두어 자신의 그림자로 만든 것뿐이야.


하느님은 말했지. 버림받은 느낌이 들 때 내게로 오렴. 나는 마음이 비어 있는 자에게 바람꽃으로 피어난단다. 올 때는, 들꽃 한 송이라도 꺾지 말거라. 이미 네 안에 그 들꽃이 피어 있으리니. 비록 소슬히 흔들려도 그 무엇이든 흔들림으로 영원한 법이란다.

난 눈이 내리면 서커스 구경을 갈 테야.

그곳에서 슬픈 몸짓으로 이 세상을 아프게 사는 어릿광대의 마음이 될 테야. 그래서 언젠가는 아버지의 죽음 앞에서도 웃을 수 있는 엄마의 흐린 얼굴이 되어 하얀 나라로 떠나고 싶어. 눈나라에서만 내 마음 어릿광대.

# 겨울선로

　　　겨울이었다.

내가 탄 열차는 눈이 퍼붓는 어둠 속을 달리고 있었다. 세상 밖은 적막하고 외로웠었다. 이따금씩 스쳐가는 간이역의 등불이 슬픈 영혼처럼 빛나고 있었다. 그 불빛 둘레에서만 눈이 내리고, 눈은 곧 사라지고 말았었다. 그리고 또 어둠. 열차 안의 주황등에 의해 비쳐지는 유리창의 메마른 모습이 흐려 있었다. 눈더미가 차창 가장자리에 하얗게 쌓여갔다. 긴 터널을 지나갔고 벌판 한가운데를 통과하기도 하였다. 지금이 몇 시인지도 분간할 수 없는 시간의 거리에서 나의 목적지는 나타나줄 것 같지 않았다.

어디로 가는지도 모르는 방황의 끝에서 날개는 부러지고 서러운 잔영만 스멀스멀 피어오르는 거였다. 아버지가 피를 흘리며 쓰러지는 환영도 떠올랐고 나의 누이가 이불을 끌어안고 울고 있는 차가운 방도 영화처럼 스쳐갔다.

나는 어디로 가고 있는 걸까.

진정한 사랑빛 하나 마음속에 빛나지 않는 밤, 내게 있어 저 어두운 강이 의미하는 역사는 아무것도 아니었다.

나는 나비가 되고 싶었다. 나는 가장 아름다운 촉수가 되어 이 세상을 전율하고 싶었다. 그토록 나는 무엇이 되어 가고 싶었고, 스스로 파멸하여 가고 있음을 느꼈다.

나는, 내일이면 하얀 저 벌판에서 눈부신 까마귀가 되어 울며 갈 것이다. 육체는 가없은 것이 아님을, 다만 버려진 것임을, 지쳐 버린 영혼만이 알고 있을 때. 그때 나는, 인간을 벗어날 수 있으리라는 생각.

그러나 내 운명의 빈 열차는 달린다.

베토벤의 〈봇짐장수〉처럼 달린다. 어둠을 뿌리치면 또 한 어둠의 자락이 펄럭이면서, 이 어둠이 남기는 소리를 공허한 메아리로 듣는다.

115

나는 신을 믿지 않는다. 그러나 나는 간절히 누구에겐가 기도한다. 그 기도는 침묵의 기도. 아무 뜻 없이 손을 모으고 손가락 끝과 끝이 서로를 찾으면서 장난질 같은 기도를 즐기기도 하였다. 어느 땐 성경 한 구절을 암송하기도 하였었다. 가난한 자는 복이 있나니…. 나는 당신을 모릅니다. 나는 이 세상에 가족이 없습니다. 저들은 나의 혈육이 아닙니다. 절망에 찬 선지자의 위대한 절규가 입 밖으로 튀어나오기도 했다. 나는 황천으로 가고 있는지도 몰랐다. 개처럼 끌려가서…. 하얀 방, 백열등, 어디선가 울려오는 카랑카랑한 목소리, 금속성의 문 열림과 닫힘. 분열음의 외침, 염라대왕의 재판, 에코로 들려주는 선고, 연옥, 벌거벗은 몸뚱이, 그리고 불, 잘리는 혀, 부러진 팔… 아아 나는 잠이 깨었다.

　　여기는 이방異邦이다. 여기는 당신의 감옥이다. 그 감옥에 눈이 내린다. 삐걱이면서 관절 마디마디마다 새로운 고통이 태어나고 있다. 그 고통은 한 송이 장미가 아니다. 그 고통은 소스라침이고 불행한 자아의 깨침이다. 그 고통은 이상한 풀잎으로 자라서 한 송이 하이얀 파꽃이 되리라. 시린 팔목에 채워진 쇠고랑이여. 너는 방화벽에 엄히 차단된 채 순수의 모습으로 격리되어 있다.

언젠가 내가 찾아간 햇빛섬. 모든 것이 투명하게 빛나고 있었다. 바다는 유리알처럼 맑고 푸르렀다. 그곳이 고향이었다. 비록 내가 태어나진 않았을망정 그 섬이 내겐 유일한 안식처였다.

나는 고요히 그리고 영원히 잠들기를 원했다. 밤이었는데도 내 의식은 맑았다. 속 깊은 바다가 흔들리면서 가슴으로 밀려왔다. 나는 해조음의 바다 한가운데서 행복했다. 비릿한 망각의 지난 날이 하얗게 부서지고, 나는 나비가 되어 갔다. 꿈틀거리면서 허물을 벗었었다. 겨드랑이가 근질거려서 도저히 참을 수가 없었다. 흉물스런 허물이 고즈넉하게 욕망의 덩어리로 구겨져 있는 것을 나는 보았다.

나는 잠시 나의 날개를 부르르 떨었다. 어떤 비상이 이 어둠 속에서 시작되리라는 막연한 기대감 속에 나는 간혀 있었다. 어떤 기대감. 또 다시 회오리쳐 오는 막막한 슬픔이 내 안에 은빛 비늘처럼 퍼득였다.

아스라한, 시푸른 칼날의 정적만이 고요한 바다를 위태롭게 하고 있었다.


날아라.

나는 힘차게 날갯짓을 하였다. 캄캄한 어둠은 따뜻하게 이 세상에 펼쳐져 있고, 별들은 운명처럼 빛나서 서쪽으로 서쪽으로 기울어가고 있었다.

그렇게 나는 흘러가는 노예처럼 꿈을 꾸었었다. 정말, 아무것도 아니었다. 캄캄한 밤 속에 외로이 떠 있는 한 마리 나비는 이 세상의 한 작은 벌레일 뿐이었다.
그러나 기차는 달린다.
석탄차 뒤꽁무니에 매달린 객차 안에서 희미한 빛줄기로 나는 떠난다. 눈보라를 뚫고 긴긴 터널의 울림을 지나, 백색의 나라에 갇혀 떠난다.
어디선가 교회당의 오르간 소리와 부러진 나무들의 신음이 들린다. 그것은 고통에 지친 가여운 혼들이 내지르는 소리인지도…. 아니다. 더는 무엇을 위해 부를 수 없는 목메임일지도.

내가 닿아야 할 섬은 어디인가. 나의 상상은 환상의 나비일까. 일렁이는 물결을 헤적이며 얼굴에 어리는 물빛의 흔들림이나 사랑하다가 드디어 나는 망초꽃이 되어 흔들리는 것일까.
실험실의 유리상자에 갇혀 저쪽 세상을 꿈꾸어 왔던 영혼. 육체는 마르고 가슴은 할핀에 꽂혀 굳은 화석이 되어야 한다. 그 어떤 것도 움직이지 않는 고요 속. 그 속에 파묻혀 한 발자국도 옮길 수 없는 절망의 공간을 사랑하지 않으면 안 된다. 배경은 흐르고 나는 정지된 채 그 배경으로 하여 흐르고 있다는 착각을 즐겨야 한다.

아버지가 흐르고 나의 누이가 흘러간다. 헐벗은 포플러 나무가 바람에 휘어 흘러간다. 흐린 날은 그렇게 하여 다가오고 또 지나간다.

나는 팔목이 묶여 있는 죄인. 누구나 죄를 짓고, 그 죄에 의해 살해당한다. 그날, 그런 날이 오면 나는 무슨 비밀을 간직하고 떠나는 것일까.

만약 내게도 비밀의 말이 있다면 나는 즐겁게 그것을 찾으리라. 어두운 방은 그리하여 아름다운 죄악으로 가득 차리라. 오랜 시간 나는 그 죄악을 야금야금 즐기면서 도둑고양이처럼 눈을 빛내리라. 그리하여 전혀 망설임 없이 몽환의 섬 한가운데서 반인반수의 가혹한 우상이 되어 하얀 고뇌의 피를 흘리게 되리라.


　　나는 어두운 감옥. 눈보라 속을 가는 외로운 한 마리 짐승. 또다시 밝은 아침은 오지 않으리라고 마음속에 다짐하면서, 왠지 그리운 것마저 까마득히 지워져 버린 선로 위에 나는 있다.

## 물만 먹고 가지요

나는 슈베르트를 좋아합니다.

슈베르트는 나그네이니까요. 젊었을 때의 나도 한때는 '겨울나그네'처럼 방황한 때가 있었습니다. 방황의 한때, 나는 눈 덮인 산야를 고적하게 날아가는 한 마리 '겨울까마귀'를 보았고, 여름날 어느 외로운 집 울타리에 탐스럽게 피어난 '들장미'도 보았습니다. 그리고 가을날 맑은 내를 거슬러 오르는 '송어'떼도 보았습니다. 다른 이들은 그게 송어가 아니라 연어일 거라고 우겼지만 나는 분명히 송어라고 생각합니다. 나는 그렇게 슈베르트의 '나그네음표'처럼 떠돌아다녔습니다.

나는 슈베르트의 음악을 좋아합니다. 그 중에서도 내가

아주 많이 좋아하는 것은 '교향곡 8번 B단조 미완성'입니다. 그건 하나의 동요를 떠올리게 하기 때문입니다.

깊은 산속 옹달샘 누가 와서 먹나요. 맑고 맑은 옹달샘 누가 와서 먹나요. 새벽에 토끼가 눈 비비고 일어나, 세수하러 왔다가 물만 먹고 가지요.

어릴 적 우리는 이 노래를 부르고 또 불렀습니다. 교실에서도 부르고, 마당에서도 부르고, 들에서도 부르고, 깊은 골짜기에서도 불렀습니다. 정말 옹달샘을 발견했을 때는 너무나 기뻐 손바닥에 샘물을 가득 떠 마신 다음 '솔시레파미레도' 하고 불렀습니다. 이 동요를 작사 작곡한 분은 슈베르트의 교향곡 8번 미완성 B Minor 음표를 따다 노래를 만들었던 모양입니다. 나는 〈옹달샘〉이란 노래만 냅다 부르기만 했지, 사실 이 노래를 지은 분을 아직 모르고 있습니다. 하지만 어떻게 그 단음계의 음이 이제 막 잠에서 깨어난 토끼를 깊은 산속 옹달샘으로 뛰어가게 했는지 신기하기만 할 따름입니다.


　　　나는 슈베르트의 미완성 교향곡을 들으면 떠오르는 게 하나 있습니다. 그건 나의 비밀이기도 하지만, 지금은 망각의 세계 속을 살고 계시는 내 어머니의 비밀이기도 합니다.

어릴 적 나는 개울가에서 하루를 보냈습니다. 거기엔 백금처럼 빛나는 하얀 모래밭이 있었습니다. 그 모래밭 가장자리엔 이 세

상 풀들이 아닌 듯한 풀들이 자라고 있었습니다. 내 어린 키의 반쯤만한 높이의 풀숲 안에는 작은 개울새들이 둥지를 틀고서 알을 낳았습니다. 갯가에 사는 새들을 나는 모두 개울새라 불렀는데, 그게 얼룩얼룩한 새알을 낳는 개개비나 물떼새인 것을 나중에야 알았습니다.

나는 막대기 하나를 들고 모래밭을 기어다니며 뱀이든 족제비든 알을 훔치러 오는 놈이면 뭐든 그걸로 조용히 쫓아 버렸습니다. 개울새들은 그런 내게 나직이 노래를 불러주곤 했는데, 지금 생각해보니 그게 꼭 솔솔솔 레레레 파파파, 그러는 것 같았습니다. 그리고 나는 거기서 좀 떨어진 으슥한 곳으로 가곤 했습니다. 거기엔 나만의 웅덩이가 있고, 또 거기서는 엄마가 수술하러 내를 건넜던 섶다리가 보였습니다.

나는 웅덩이 가에 가만히 쪼그려 앉습니다. 엄마는 언제 완쾌되어 돌아올지 모릅니다. 그럴 때면 눈물이 그렁하여 하늘을 쳐다보다가, 눈이 부신 나머지 웅덩이를 들여다봅니다. 웅덩이엔 또 하나의 새파란 하늘이 있고, 구름이 있고, 그 구름 위를 쏜살같이 지나가는 손바닥만한 붕어 한 마리가 있습니다. 그리고 웅덩이 곁엔 웅덩이를 지켜주는 키 작은 버드나무 한 그루가 있고, 잠시 버드나무 잎에 앉아 쉬고 있는 물잠자리가 있습니다. 여태까지 물잠자리는 버드나무 그늘에 숨어 있는 붕어와 장난

123

을 친 뒤입니다. 가녀린 날개 끝으로 까닥까닥 물을 차며 놀려댔
던 탓에 피곤했던 모양입니다. 아주 미약한 바람에도 흔들리는
그 모습이 자못 위태롭게 보입니다.

나는 그렇게 여름을 보내고 가을을 맞이했습니다. 웅덩이는 접
섬 날라갔지만, 여전히 물잠자리와 구름과 하늘과 그 위를 쏜살
같이 지나다니는 붕어 한 마리, 외롭게 있었습니다. 아이도 외롭
게 앉아 있었습니다. 어떻게 그것들이 그 웅덩이에 그토록 오래
오래 남아 있을 수 있었는지, 지금 생각하면 꿈이었던 것만 같
습니다.


어느 날 나는 아팠습니다. 그리움에 아팠고, 태양열에 들
떠 아팠고, 풀숲에 둥지를 틀었던 새들이 모두 떠나 버려 아팠습
니다. 방안에 누워 열에 들뜨다가 눈을 뜨면 무늬 진 천장이 보였
고 거기 웅덩이가 보였습니다. 빈 웅덩이만 보였습니다. 물잠자리
도, 구름도, 버드나무도, 붕어도 보이지 않았습니다. 나는 깊은
실망과 슬픔을 느꼈습니다. 나는 잠이 들었던 모양입니다. 누가
나를 부르고 있었습니다. 그 소리는 내가 여름 내내 그리움으로 간
절히 불렀던, 엄마의 목소리였습니다.


엄마는 완쾌되어 돌아왔습니다. 나는 엄마에게 내 비밀
을 털어놓았습니다. 그 웅덩이엔 분명히 엄마도 있었다고…. 엄

마는 고요히 웃었습니다.

며칠 후 나는 깨끗이 다 나아, 엄마와 함께 그 웅덩이로 갔습니다. 아, 모두들 거기 있었습니다. 하늘도, 구름도, 물잠자리도, 버드나무도, 붕어도, 모두 다.

그리고 또 정말로 엄마가 거기 있었습니다.

엄마가 말했습니다. 마치 옹달샘 같구나. 깊은 산속 옹달샘…, 그런 노래가 있단다. 엄마가 노래를 불러주었습니다. 나는 그 당시 초등학교에 입학하기 전이어서 그 노래를 처음 들었습니다. 나는 금세 그 노래를 배워 불렀습니다. 엄마와 난, 웅덩이를 보고, 하늘을 보고, 버드나무를 보고, 물잠자리를 보고, 붕어를 보면서 노래를 불렀습니다.

엄마가 말했습니다. 그러니까 이 붕어는 슈베르트인 거야. 우리에게 노래를 부르게 했거든. 또 엄마는 말했습니다. 슈베르트는 지독한 근시여서 안경을 꼈지. 훌륭한 가곡을 많이 작곡했단다. 그 중에서도 교향곡 '미완성'의 단음계는 옹달샘의 가락이 되었어.

엄마와 나는 의기투합하여 붕어에게 이름을 붙여주었습니다. 안경 낀 슈베르트라고. 우린 안경 낀 슈베르트 붕어를 상상했습니다. 정말 붕어가 우리의 소리를 들었던 걸까요? 그 붕어는 쏜살

같이 구름 위를 달려가더니 어느새 저쪽 하늘로 사라져 버렸습니다. 그리고 우리는 붕어를 더 이상 보지 못했습니다.

세월이 얼마나 많이 지나갔는지 모릅니다. 구름이 얼마나 높이 흘러갔는지 모릅니다. 어머니는 이제 망각의 세계 속에서 홀로 계십니다. 어머니의 뇌 속엔 검은 웅덩이가 군데군데 파여 있습니다. 의사는 거기에 물이 고여 있다고 그랬습니다. 혈관성 노인치매가 어머니를 방문한 것입니다. 그리고 망각의 검은 웅덩이를 점점 커다랗게 파놓고 있는 것입니다. 음악을 사랑하던 내 어머니는 검은 웅덩이에게 음계를 모두 빼앗겨 버렸습니다.

어머니는 이따금씩 밖에 나가 하늘로 둥둥 떠가는 구름을 쳐다봅니다. 어머닌 무슨 생각을 그리 골몰하는지 마냥 하늘과 구름만 오래오래 바라보고 있습니다. 그러다가 아주 이따금씩 어머니의 입가에 엷은 하늘빛 미소가 번집니다. 어머닌, 어머닌, 안경 낀 슈베르트 붕어를 본 걸까요? 문득 나는 어머니가 이 세상 모든 기억들을 말끔히 씻어내고, 새롭고도 먼 나들이 준비를 하고 있다는 느낌을 받습니다. '미완성'의 세계, 안경 낀 슈베르트 붕어의, 살아서는 닿을 수 없는 먼 구름세계로 말입니다.

# 잼잼 잠자라 거기 거기 앉아라

나는 죽고 싶어질 때 문득 백일홍을 떠올린다.

백날 동안 피어 있다 해서 백일홍이라 이름 붙여진 꽃을 삼류영화처럼 떠올리는 까닭은 어린 날을 잊지 못해서이다.

화단 한 구석에 몇 송이 백일홍이 피어 있다 해서 유난히 눈여겨보았던 것도 아니다. 다만 그저 담담히, 오래도록 피어 있는 백일홍이 내게 있어서는 아주 소중한 추억의 앨범으로 자리하고 있기 때문이다.

강한 햇볕에 바래져 붉은색인지 노란색인지 아니면 주황인지 분명치 않은 꽃잎을 보면서 나는 백일홍이 심히 못마땅했었다. 어쩐지 현실에 존재하지 않는 비현실적인 꽃인 듯싶었다. 꽃은 잠깐의 피어남과 짐으로 해서 아름다운 법이다. 화사한 벚꽃을 보라. 그리고 목련의 흰 자존심을 보라. 피어난 듯싶었는데 이내 화르르 바람결에다 짙은 허무를 날리는 벚꽃을. 그리고 아름다운 보가지를 드리워 처형당하듯 낙화하는 저 애달픈 목련을.

오랫동안 한 자리에서 우직하게 서 있는 꽃 아닌 꽃을 본다는 것은 정말 지겨운 일이다. 분명한 색채도 없이 어정쩡하게 물들여진 꽃, 백일홍은 늘 다른 꽃들에 비해 그늘진 색채처럼 주눅이 들어 있었다.

　　어릴 적, 내가 매 맞고 돌아온 날은 으레 백일홍이 화단 한 구석에 꼼짝없이 햇빛을 맞고 있었다. 여름에서 가을까지 피어서 나의 원망을 한몸에 받았던 백일홍. 난 그걸 왜 무참히 꺾어버리지 않았을까. 지금도 그걸 알 수 없다. 왜 그랬을까. 그 끈질기게 피어 있는 백일홍이 어쩌면 나의 분신일 수밖에 없다는 생각 때문이었을까. 짓밟고 싶은 욕망 한 켠에 어떤 강렬한 사랑의 피가 그 백일홍 대궁으로 흐르고 있었던 것은 아닐까.

그날도 나는 어김없이 성근이 자식에게 매를 맞았다. 아무 이유도 없었다.

힘이 약한 동물은 힘이 강한 동물에게 잡아먹힌다는 법칙쯤은 학교에서 이미 귀에 못이 박히도록 터득한 바다. 먹이사슬이란 이 거역할 수 없는 순환 고리. 비록 냉혹하고 잔인하더라도 자연이란 이름 하나로 우리가 마땅히 순응해야 할 법칙. 그렇더라도 얼마나 억울하고 얼마나 분한 일이던가. 이것이 운명인가.

강자는 언제나 이유를 만들어 약자를 자기 뜻대로 한다. 자기생존을 위해서건 심심풀이로 즐기기 위해서건 나름대로 이유는 분명히 있는 법이다. 다만 약자는 그 강자의 이유를 알아차리지 못하여 어리둥절할 뿐이다.


　　　　그랬다. 성근이에게도 분명히 이유는 있었다. 성근이가 그토록 바라마지 않던 빨간 고추잠자리를 내가 어처구니없이 날려 버린 때문이었다. 내가 조금만 참고 기다려주었어도 성근이는 고추잠자리를 노획하여 자기의 노리개로 삼을 수 있었을 것이다. 그러나 나는 참지를 못했다. 참을성 없는 것은 나였지 성근이가 아니었다. 그건 내 실수였다. 아니 고의적으로 나는 참을성을 일부러 버렸다. 그건 자신을 향한 무례함이고 도전일 수밖에 없다는 것이 성근이의 주장이었다.

나는 몰랐다. 정말이야.

이런 변명과 하소연이 성근이에게 통할 리 만무했다.

넌 내 희망을 꺾어 버렸어.

어 떻 게  그 리 워 하 는 지

고추잠자리 뒤꽁무니에다 긴 실을 매달고 그 실끝을 잡고 있으면 고추잠자리는 하늘을 날아간다. 푸르르 푸르르 몸부림치며 날아오르는 고추잠자리를 따라 아이들은 하루 종일 놀았다. 그 희망을 내가 꺾어 버렸다는 것이 성근이의 주상이었다.

실상 나는 그때 한 점 구름도 없는 파란 하늘을 우두커니 쳐다보고 있었더랬다. 나는 푸른 빛 속에 강렬히 빨려들고 있었다. 나는 아무 생각도 하지 않았다. 거기에 하늘이 있고, 거기에 흐르는 시간이 있고, 거기에 또한 아무것도 없었다. 어디선가 어렴풋이 성근이의 조그마한 목소리가 귓속으로 밀려 들어왔다.

잼잼 잠자라
거기 거기 앉아라
잼잼 잠자라
색시 하나 따줄게
거기 거기 앉아라

(안 돼. 어서 떠나라. 넌 위험해!
다급한 내 무언의 외침.
미안하다. 네 머리 위에서 잠시 쉬고 싶어.
아주 여리고 지친 목소리)

어떻게 그리워하는지

이 대화가 단 한 찰나에 이루어졌다 싶었을 때, 성근이는 주저 없이 내 머리 위에다 잠자리채를 날렸다. 내 조그만 머리는 성근이의 잠자리망에 씌워져 허우적거렸다.

잡았다.

성근이가 의기양양하게 그 커다란 얼굴을 내 코앞에다 들이댔다. 너는 이제 내 포로인 거야 하는 듯이.

예전 같았더라면 난 성근이가 하자는 대로 꼼짝없이 나무토막처럼 서 있었을 것이다. 성근이 말마따나 난 성근이의 '밥'이었으니까.


그런데 그날은 그러지를 못했다. 내 머리 위로 푸륵 푸르르 푸르, 하는 잠자리의 날갯짓이 느껴져 왔던 때문이다. 그 날갯짓이 간절한 비명소리로 들렸다. 아아 난….

나는 성근이를 힘껏 밀쳤다. 그리고 재빨리 내게 씌워진 잠자리채를 걷어냈다.

나는 빨간 고추잠자리 한 마리가 소르르 영혼처럼 내 머리로부터 빠져나가 하늘로 솟구치는 것을 보았다. 자유는 눈물겨웠고, 나는 그 빨간 고추잠자리의 자유로 하여 뜨거운 코피를 흘려야 했다.


성근이의 주먹은, 자유란 피를 흘리지 않고는 얻을 수 없다는 걸 내게 유감없이 보여주었다. 나는 당연히 자유를 위해 값진 대가를 지불하여야 했다. 자유로운 고추잠자리의 선회. 성근이의 주먹. 코피. 억울함. 약자라면 당할 수밖에 없는 먹이사슬의 구조. 비굴. 굴욕. 파란 하늘. 또 다시 떨어지는 코피….

집으로 돌아오는 길은 참담한 길이었다. 살아 있는 것이란 아무것도 없었다. 나는 죽고만 싶었다. 나약한 어린 몸을 덮어줄 한 줌 흙이 그리워졌다.

그러나 나는 울지 않았다. 운다는 행위는 내 최후의 자존심에 상처를 주는 일이었으므로.


아무도 없는 나의 집으로 돌아와 세숫대야에 물을 떠다 놓고 코피를 닦았다. 핏물이 흥건히 세숫대야에 고여 갔다. 아무 느낌도 없었다. 죽음의 색깔이 고일 뿐이라고 생각했다. 또 다시 주루룩 코피가 흘렀다.

마당 가득히 가을 햇살이 백금처럼 덮여 있었다. 집안은 괴괴한 정적이 감싸고 있었다. 누구도 와주지 않았다. 오로지 나 혼자뿐이었다. 어쩌면 나 혼자라는 것이 다행이다 싶은 마음도 있었지만, 한편으론 아무도 나를 위로해줄 가족이 없다는 것이 마냥 서글퍼졌다.


그때 나는 화단 한구석에 눈길이 갔고, 그곳에 백일홍이 피어 있는 모습을 보았다. 백일홍은 다홍으로 눈부시게 불타고 있었다. 평소에는 눈여겨보지 않던 꽃이었다. 그런데 오늘따라 강렬한 색채를 드러내고 있는 것은 무슨 까닭일까. 여느 때 같으면 다알리아나 맨드라미, 사르비아, 글라디올러스, 노란 장독국화 같은 것들에 눈길이 갔을 터인데….

어쩌면 그날, 나는 백일홍에게 내 속마음을 털어놓고 싶었는지도 모른다. 언제나 버림받은 마음속 꽃이었으므로.


　　나는 죽고 싶다.

마음속으로 중얼거린 이 말이 백일홍에게 전해졌는지는 확실하지 않다. 그럼에도 내 심음心音을 온몸으로 받아들였는지, 나는 조용히 밀려오는 어떤 소리를 들었다. 백일홍의 소리였다.


　　나도 죽고 싶긴 마찬가지야. 서른 날이 지나고 일흔 날이 지나도 나는 여전히 피어 있지. 다른 꽃들이 내 곁에서 무수히 피었다 지는 모습을 보면서 난 왜 살아 있어야 하는지를 나 자신에게 수백 수천 번씩 묻고 또 물었단다. 나도 다른 꽃처럼 어서 빨리 씨앗을 남기고 싶어. 저토록 부드러운 땅 속에서 잠을 잘 수 있다는 게 얼마나 행복한 일이냐. 돼먹지 못하게 아무도 눈여겨보지 않는 꽃으로 덤덤히 피어 있다는 건 내 자존심이 무척 상하는 일이었어.

하지만 애야. 그게 아니었다. 오래도록 이렇게 서 있다 보니 비로소 알게 되었어. 난 내 알찬 씨앗을 만들기 위해 햇볕을 오래오래 쬐는 거라고. 이따금씩 불어오는 바람결에 내 몸이 휘어지도록 흔들어도 보는 거라고. 천둥과 번개에 온밤을 떨면서 흠뻑 비를 맞는 거라고. 아주 여물고 단단한 씨앗으로 남기 위해 이렇게 꿋꿋이 서서 온 힘으로 견디는 거라고.

가엾게도, 넌 네가 한 행위를 기억하지 못하겠구나. 넌 부분기억상실증에 걸린 아이니까. 무참하고 너무 억울한 나머지 고통스런 어떤 일들을 부분적으로 지워 버리는 기억상실. 네가 그 병을 스스로 만들었던 거야. 애야. 그렇다고 너무 두려워도 말고 너무 억울해하지도 말아라. 그게 네 성장의 한 과정이므로.
원래 이 화단엔 일곱 송이의 백일홍이 피어 있었단다. 그런데 네가 코피를 흘리고 돌아온 어느 날, 넌 방에서 가위를 가지고 나와 나의 가족들을 무참히 잘라 버렸지. 넌 코피를 뚝뚝 떨어뜨렸고, 내 가족들은 목이 잘려 뚝뚝 떨어졌고….
너의 어머니가 기겁을 하고 가위를 빼앗지 않았더라면 나도 잘려 버리고 말았을 거야. 하지만 난 너를 원망하지는 않아. 얼마나 억울했으면 그랬겠니? 그 억울한 분풀이를 우리 백일홍에게 할 수밖에 없었던 네 아픈 마음을 왜 모르겠니?

하지만 얘야. 네가 아픈 만큼 우리도 아프단다. 그러니 그 어떤 것에도 분풀이는 하지 말거라. 그건 비겁한 짓이란다. 너를 핍박하는 아이에게 네 힘껏 저항해라. 저항하고 저항하면 그 아이도 너를 두려워하게 될 거다. 누구에게든 슬기롭게 너의 자존심을 세워라. 육체보다 더 강한 자존심을.

나를 보렴. 여섯 송이의 내 가족들이 발밑에서 썩어가면서 나의 거름이 되어 주었단다. 그리하여 더욱 붉고, 더욱 큼직하고, 더욱 늠름하고, 더욱 아름다운 꽃이 될 수 있었지. 우린 한몸으로 함께 피어 있는 거야. 오늘이 꼭 백 일째 되는 날이란다. 어때. 내 모습이 다른 어떤 꽃보다 빛나지 않니? 매 맞아 코피 좀 났다고 너무 서러워 말아라. 너는 지금도 자라고 있으니까. 비바람을 많이 맞은 식물이 더 깊게 뿌리를 내리고, 더 여문 씨앗을 품게 되는 법이거든. 오로지 견뎌내거라. 백 날 동안 피는 꽃으로 이 세상을 살아라.

나는 부끄러웠다. 부끄럽고 부끄럽고 또 부끄러웠다. 나는 한 송이 빨간 백일홍으로 불타고 있음을 느꼈다. 온몸에 백일홍이 자라는 느낌이었고, 신선한 피톨이 빠르게 감도는 느낌이었다. 백일홍이 들려준 환청. 외로운 내 어린 생을 눈물겨운 눈으로 지켜봐 주었던 백일홍을 위하여 나는 가까이 다가갔다. 마악 그 백일홍을 손끝으로 건드릴 찰나, 그 백일홍에서 붉은 고추잠자리 한 마리가 소르르 떠오르는 것을 나는 보았다. 그 고추잠자리는 백일홍의 영혼이었다. 고추잠자리가 떠난 자리엔 시들고 말라빠진 백일홍이 숭고한 죽음으로 남아 있었다. 그 꽃은 결코 더럽지도, 못생기지도 않은 꽃이었다. 자기 생을 성실히 끝낸, 경건한 자태가 있을 뿐이었다. 내가 점점이 흘린 억울한 핏방울이 거기에 신성한 죽음으로 되살아나고 있었다. 나는 고추잠자리가 사라진 무한창공을 우러러보았다. 하늘엔 아아, 무엇인가가, 정말 무엇인가가 있었다.

거기에서 난 한 송이 백일홍으로 붉게 피어 있었다!

## 어디로 가야 할지

바람 부는 사월의 오후에 전 외출을 했습니다. 제가 늘 걷던 길로 목도리를 하고 두 손을 윗주머니에 꾹 찔러 넣은 채 저는 걸었습니다. 하늘은 전운이 감돌았습니다. 서쪽으로부터 검은 구름이 몰려왔습니다. 바람이 몹시 불어 낙엽들이 미친 듯이 뒹굴었습니다. 어디로 가지, 어디로 가야 하는 거야, 낙엽들은 서로 엉키고 흩어지면서 매운바람 결에 길 잃은 새처럼 날아다녔습니다.

먹구름 속에선 간간히 햇살이 쏟아졌고, 햇살 비친 애막골 동산 잣나무 숲들이 먼 그리움처럼 푸르게 일렁였습니다. '폭력 없는 우리 학교'라 쓴 호반초등학교 플래카드가 난데없이 불어온 사월의 바람 앞에 아우성쳤습니다. 그렇게 무난한 바람에 저항하듯 제 온몸 흔들어 펄럭였습니다. 갑자기 비가 뿌렸고 저는 몸을 잔뜩 웅크렸습니다. 초등학교 이학년쯤 된 아이들이 선생님과 함께 부삽을 들고 학교 근처 동산에 올라갔습니다. 참새들이 스무 마리쯤 까맣게 깨알처럼 무리지어 흐린 하늘 저 먼 등성이를 넘어 갔습니다.

헐벗은 신갈나무 숲은 어두웠고 조갑지 비비듯 재깔거리는 틈새로 여선생님의 낯선 목소리가 잿빛연기처럼 새어나왔습니다. 그 선생님의 목소리 또한 바람결에 나부껴 잿빛 등성이를 날아갔습니다. 무얼 찾는지 아이들은 열심히 산흙을 후비고 열심히 재잘거렸습니다. 순간순간 그 소리들, 게거품 일 듯이, 일순 부풀어올랐다 이내 스러지곤 했습니다. 그 소리 너무 멀었으나 그 소리 이미 제 마음에 닿아 와 있었습니다. 비가 흩뿌려졌다 싶으면 바람이 어느새 그 비를 어디론가 몰아갔습니다. 우산도 없었으나 아무 걱정이 없었습니다. 기침을 몇 번 했고, 담배 두 개비를 피웠습니다. 바람이 그러지 말라고 몇 번 제 라이터 불을 불어 껐습니다. 몇 모금 담배를 빨았으나 또 기침이 났습니다. 그래서 담뱃불을 땅바닥에 비벼 끄고, 그걸 전봇대 아래 연탄재 구멍에다 버렸습니다. 담배는 제 한몸 다 태우지도 못하고 마른 연탄재 구멍으로 사라졌습니다.

저는 어디로 가야 할지 몰라 망연히 서 있었습니다. 딱히 어디로 가야 한다는 작정도 없었습니다. 무작정 길 나선 길은, 늘 이렇게 아득합니다. 이따금씩 불어오는 세찬 바람에 몸이 흔들리곤 했습니다. 파릇한 냉이와 어린 쑥 한 움큼을 비닐에 담아 쥔 할머니가 지나갔습니다. 등이 몹시 굽어 있어 걷는지 기어가는지 알 수가 없었습니다. 그래도 할머니는 자신이 어디로 가야 할지를 분명히 알고 있는 듯했습니다. 하지만 전 어디로 가야 할지 한참이나 망설였습니다. 언제나 이렇습니다. 길을 나설 때의 설렘과는 달리 정반대의 낭패감으로 하여 저는 늘 길에서 이렇게 서성이곤 합니다.

# 첫눈

   눈이 온다. 첫눈이다.

평평 함박눈이 이 밤에 내린다. 어디를 가나 안개뿐인 이 겨울도
시에 하얗게 눈이 내린다.

깊은 밤에 내리는 눈은 서러운 눈이다. 멀리 춘천역으로부터 주
황불빛을 달고 들어오는 열차의 경적소리 들린다.

어느 골목에선가,

눈이 내리네 눈이 내리네 하얀 눈을 맞으며 걸어가는 이 마음
애처로이 불러도 하얀 눈만 내리네

번역된 유행가가 거리로 흘러나와 눈을 맞는다.

아무 이유도 없이 사람들은 눈을 맞는다. 그저 황홀히 바라보기
만 하면 되는 것. 어디론가 정처없이 떠나고픈 눈 내리는 밤, 인생

어떻게 그리워하는지

은 시처럼 죽는다.

공허한 도시, 쓰라린 도시에도 눈이 내린다. 만나야 할 사람은 지금 없지만, 밤새도록 그 사람을 찾아 헤맨다. 미치게 그리운 사람들은 저 하늘의 눈이 되어 소리없이 내린다.


　　　떠나라.

누구에겐가 이렇게 소리쳐주고 싶다.

캄캄한 밤에는 가로등 불빛 테두리 안에만 눈이 내린다. 상점에서 새어나오는 쇼윈도우 불빛 언저리에만 눈이 내려 쌓인다. 눈 내리는 풍경은 거기에서만 하염없다. 그러나 눈은 캄캄한 밤 한가운데서 더욱 외롭게 영혼의 눈을 뜬다. 이 세상 가장 가난한 어깨를 가진 사람들이나 잃어버린 사랑을 간직한 사람들만은 안다. 왜 그토록 캄캄한 밤에도 속절없이 눈이 내리는가를.


　　　나는 한 소년을 잊지 못한다.

그 소년은 이렇게 눈 내리는 날, 학곡리로 간다.

거기엔 교도소가 바스티유 감옥처럼 서 있다. 소년의 아버지가 그 하얀 건물에 갇혀 있다. 망루의 강렬한 불빛이 캄캄한 어둠을 뚫고 사위를 감시하는 곳, 소년은 눈 내리는 밤을 그곳 교도소 문 밖에서 보낸다.

아버지가 소년에게 말했었다.

얘야. 눈 내리는 날 내 나가마.

아버지의 그 한 마디가 소년에게 유일한 희망이 되어 주었다. 살아 있는 단 하나의 피붙이가 아버지였다.

망루의 불빛 속으로 쏟아지는 눈발을 바라보며 소년은 아버지를 밤새껏 기다렸다.

아침에 되어 눈이 그치고 소년은 돌아서지 않으면 안 된다. 교도소 철문은 굳게 잠긴 채였다. 돌아오는 길에 새 한 마리가 눈 위에 쓰러져 있는 것을 보았다. 소년은 싸늘한 시체를 가슴에 품고 양지바른 언덕에 올라 교도소를 멀리 바라보며 새를 눈 속에 파묻었다.

아버지. 오늘밤에도 눈이 올까요?

이 밤에도 소년은 아버지를 기다리며 눈을 맞을 것이다. 가여운 작은 영혼이 이 밤에 홀로 그리워하고 홀로 메아리가 되리라.

이 세상 가장 죄없는 소년이 어떻게 그리워하고 어떻게 사랑하는지를 눈만은 알고 있다. 그러므로 오늘밤에도 우리가 잠든 사이에 소리없이 눈은 내린다.

# 손가락에 터져 나온 울음

우체국 가는 길에 할머니들을 만났다. 아니 스쳐갔다. 할머니 세 분이 아파트 입구 현관 계단에 앉아 옥수수를 먹고 있었다. 양은냄비엔 찐옥수수가 몇 개 남아 있었다. 빨간 칸나꽃이 활짝 핀 화단엔 어느새 선혈이 낭자한 가을이 묻어 있었다. 입추가 지났으나 살인적인 더위는 계속되었다. 아파트 언덕배기 자작나무숲에선 말매미들이 자지러지게 울었다. 누군가 부르는 소리가 났다. 아저씨~ 매에엠 맴… 뒤를 돌아보니 할머니 한 분이 옥수수 하나를 손에 들고 소리쳤다. 네? 저를 부르셨어요? 그럼 여기 댁밖에 누가 있수.

그 말이 맞았다. 주차된 몇 대의 차들밖엔 아무도 보이지 않았다. 이거 하나 잡쉬볼라우? 나는 방금 쪄낸 옥수수 하나를 황공한 마음으로 받았다. 비척이며 뙤약볕을 걷고 있는 내 모습이 할머니 눈에는 안쓰러워 보였던 모양이다. 좀처럼 만나기 어려운 호의를 받고 보니 난 어리둥절했다. 나는 옥수수를 뜯으면서 우체국으로 갔다. 어찌나 오래 쪄댔는지 옥수수 찰밥이 터져 나와 찐득찐득했다.

옥수수를 뜯으며 선심을 베푼 할머니를 떠올려보았으나 기억이 나지 않았다. 방금 본 그 할머니가 어떻게 생겨 먹었더라, 아무리 궁리해보아도 그 할머니의 모습이 떠오르지 않았다. 요리조리 머리를 진주알처럼 굴려보아도 할머니는 내 기억 속에서 실종된 지 이미 오래였다. 헤어진 지 채 10분도 안 된 그 시간에 난 찐득한 옥수수를 먹으면서 그 할머니를 잊었다. 그런데 묘하게도 내 어머니가 그 망각의 공간 속으로 달처럼 떠올랐다. 어머니도 저렇게 현관 계단에 앉아 계셨더라면 분명코 지나가는 어떤 추레한 남자를 손짓하여 불렀으리라.

잇새와 입술과 손바닥 그리고 손가락엔 터져 나온 울음처럼 찐득한 옥수수 찰밥이 자꾸만 묻어났다. 검지와 중지에 착 달라붙어서 잘 떨어지지 않았다. 난 어릴 적 먼 동요를 흥얼거렸다. 그러자 기찻길 옆 오막살이에 한 아이가 잠자고 있었고, 엄마가 그늘진 부엌에서 옥수수를 찌고 있는 모습이 떠올랐다. 어디선가 한가롭게 기차가 나타나 뾰옥뾱 회색구름을 피워 올리면서 지나갔다. 옥수수 대궁과 이파리들이 바람에 수아아 흔들렸다. 아 옥수수의 서걱임이 파도처럼 일었다. 난 그만 옥수수를 놓치고 말았다. 먹다 남은 옥수수가 대굴대굴 언덕배기를 굴러 내려갔다.

내가 떠올린 상상의 기차는 멀리 가서 이젠 보이지 않았다. 기차가 남긴 구름만이 흐릿하게 푸른 하늘로 외롭게 퍼지고 있었다.

# 저무는 가을에 생강나무를 보았습니다

저무는 가을에 생강나무를 보았습니다. 노랗게 물든 생강나무 이파리를 보았습니다. 잎을 다 떨어 버린 김유정 문학촌 담벼락 생강나무는 또 다시 빈 가지 끝에 몽우리를 맺고 있습니다. 가을 햇볕이 따뜻한가 봅니다. 비록 몸은 시들어 이파리를 떨구건만 마음은 벌써 봄인가 봅니다. 저 성급한 생강나무가 우리들 인간사 모습만 같습니다.

그래서 우린 이따금씩 노란 생강나무꽃을 가을에 볼 수 있는 호사를 누리게도 됩니다. 그 나무는 봄에 또 꽃을 피우는 수고를 해야 하지만 지난 가을의 꽃몽우리는 까마득히 잊을 겁니다.

이미 성숙한 생강나무는 열매를 맺고 그 열매가 맺은 가지는 자기 본분을 다한 듯 고요하고 숙연한 자세입니다. 자못 기품까지 느껴집니다.

나는 가을에 생강나무를 보면서 다시 봄을 그리워합니다. 그 생강나무를 본 날, 소설가 전상국 선생님, 최계선 시인과 술잔을 기울였습니다. 뜻밖에도 사진작가 황문성 님이 먼 데서 오셨습니다. 술잔에서 생강나무 향이 났습니다. 그런 향기로운 분들과 늦도록 이야기를 나누었습니다. 생강나무 노란 이파리가 꽃등처럼 눈부신 가을입니다.

어떻게 그리워하는지

# 장바르 테페저그

옛날 아주 먼 옛날 30년 전 이야기입니다.

딸아이가 두 살 적입니다. 딸아이가, 아빠, 엄마, 그부어, 거부가
란 말만 겨우 발음할 때입니다. 우리 집 방엔 둥근 어항이 있고,
거기에 금붕어 두 마리와 작은 청거북 한 마리가 살았습니다. 플
라스틱 섬 가운덴 한 그루 야자수가 푸르게 서 있고, 삼분의 이
쯤 물을 채운 어항엔 빨강금붕어 한 마리 검정금붕어 한 마리가
고요히 헤엄쳐 다녔습니다. 청거북은 야자수섬 그늘에서 늘 쿨
쿨 잠만 잤습니다. 언제 물 속으로 기어들어가 헤엄을 치는지는
아무도 모릅니다. 그 어항 맞은편엔 12인치짜리 다이얼 채널로
된 티브이가 늘 지지직 가래를 끓어대며 멀고 먼 세상소식을 전
하고 있었습니다. 아빠와 엄마와 딸아이는 그 어항 속의 금붕어

와 야자수와 티브이 때문에 늘 행복했습니다. 가족들이 아침을 먹을 땐 금붕어와 청거북도 아침을 먹었습니다. 물론 조제된 마른 먹이였고, 늘 딸아이가 그 먹이를 어항 속에다 놓아주곤 하였습니다. 그런 다음 딸아이는 낱말 하나를 단숨에 터득하곤 하였습니다. 고사리 같은 손가락으로 어항에 채워진 물을 가리키며 딸아이는 이렇게 소리칩니다. 바다… 아아… 바다, 라고. 그럴 때면 이상하게도 어항물이 바다처럼 출렁였습니다.


　　　어느 날 아침 대머리장군이 웃지도 않은 채 티브이에 나타나 연설을 하였습니다. 장발은 퇴폐적입니다. 국민 여러분! 장발은 퇴폐적입니다. 딸아이는 그 대머리장군이 나타나기만 하면 까르르 웃곤 하였습니다.
장바르 테페저그…
그날 아침 대머리 장군이 딸아이에게 가르쳐준 낱말입니다. 그런데 묘하게도 아빠가 장발이란 걸 딸아이가 알 리 없습니다. 아빠는 당연히 머리가 긴 사람입니다. 아빠는 대머리가 아닙니다. 그래서 대머리 장군은 아빠가 될 수 없습니다. 그날 하루 종일 딸아이는 장바르 테페저그만 중얼거렸습니다. 엄마 장바르 테페저그, 아빠 장바르 테페저그…

엄마와 딸아이는 그림을 좋아했고, 어항그림을 늘 그렸습니다.
니다.
검정금붕어 빨강금붕어 야자수섬,
그 그늘에서 졸고 있는 조그만 청거북.
어항 속에 잠긴 바다.
어느 땐 장발인 아빠와 대머리 장군을 나란히 그릴 때도 있었습니다. 딸아이가 그리는 그림은 언제나 아빠를 보다 더 크게 그리곤 하였습니다. 당연합니다. 아빠니까요. 하지만 그게 나중에 아주 어려운 일이 닥치리라고는 누구도 짐작하지 못했습니다.

티브이는 어느 날부터인가 늘 자욱한 푸른 연기에 쫓겨다니는 장발 대학생들과 방망이를 높이 쳐든 마스크 쓴 검녹색 로봇들만 보여주었습니다. 그리고 이어 대머리 장군의 화난 얼굴이 나타나 누군가를 위협했습니다. 벌건 대낮에 우째 이런 일이… 더 이상 두고 볼 수가 없군. 가만 두지 않겠어. 절대 가만 안 돼! 그래서 딸아이는 영특하게도 낱말과 낱말이 이어진 긴 문장 하나를 재빨리 터득하게 됩니다. 저을 때 가만 안 더….

그러던 어느 날입니다. 금붕어 가족은 건장한 세 남자의 방문을 받게 됩니다. 한 남자는 자를 들고 있었고, 한 남자는 가위와 바리캉을 들고 있었고, 또 한 남자는 비닐봉지를 들고 있었습니다. 그들 셋은 다짜고짜 아빠를 손가락질하며 이렇게 말합니다. 당신은 퇴폐적이오. 그리고 즉시 아빠의 머리칼을 듬성듬성 바리캉으로 밀어대고 가위로 자르기 시작했습니다. 아빠는 아무 반항도 하지 못한 채 머리를 깎였습니다. 그리고 깎여진 머리칼은 하얀 비닐봉지에 담겼습니다. 아빠는 마치 쥐가 파먹은 호박덩이처럼 보였습니다. 아빠는 웃고 있었지만 왠지 마음은 그렇시가 못한 모양입니다. 딸아이가 곁에 있다가 고개를 갸웃거리며 묻습니다. 아빠 울어? 비록 아빠가 웃고는 있었지만 딸아이의 눈엔 그게 우는 걸로 비쳤나봅니다. 그러곤 또 이랬습니다. 아빠, 대머리 장군이다! 하하하하하

세 살이 거의 다가오고 있는 아이의 입에서 참으로 불경한 말이 튀어나온 것입니다. 게다가 웃기까지 하다니요. 무엄하게도 대머리 장군을 웃음거리로 만든 꼴이었습니다. 엄마도 아빠도 세 남자도 잠시 굳은 얼굴로 서로를 쳐다보다가 약속이나 한 듯이 딸아이를 내려다보았습니다. 딸아이도 말똥말똥한 눈으로 자신을 내려다보고 있는 열 개의 눈동자를 빤히 올려다보았습니다. 그때 한 남자가 무엇인가를 발견한 듯 멈칫합니다. 그리고 방바닥에 놓인 그림 한 장을 집어 올립니다. 딸아이가 그린 도화지엔 장발의 아빠와 대머리장군이 나란히 그려져 있었습니다. 물론 대머리장군은 장발의 아빠보다 서너 뼘 정도는 키가 작

습니다. 그림을 집어 든 남자가 엄마에게 묻습니다. 이게 뭐요? 엄마가 대답합니다. 제 딸아이가 그린 그림입니다. 그러자 그림을 든 남자가 도화지를 엄마와 아빠의 코앞에 바짝 들이대며 소리칩니다. 이건 장군님에 대한 불경이오. 아주 지극히!

당신들은 당신들의 딸에게 아주 불경한 사상을 심어주고 있군요. 그리하여 아빠는 세 남자와 함께 동행을 하게 됩니다. 떠날 때 아빠는 볼품없이 깎여져 버린 머리통을 딸아이의 귀에다 가져가선 이렇게 소곤거립니다. 아빠가 잠시 어디 다녀올 데가 생겼구나. 오래 걸리진 않을 거야.

아빠가 떠나고 엄마와 딸아이는 서로 약속이나 한 듯이 어항을 바라보았습니다. 여전히 어항 속엔 한 그루 플라스틱 야자수가 서 있고, 그 섬 그늘에서 쿨쿨 잠만 자고 있는 청거북이 있었습니다. 그 야자수섬 둘레로 검정금붕어 한 마리, 빨강금붕어 한 마리가 유유히 헤엄을 치며 돌고 있었습니다.

아빠는 며칠 동안 돌아오지 않았습니다. 그때부터 엄마와 딸아이는 그림을 그리지 않게 되었고, 티브이를 켜지 않게 되었고, 밥을 아주 조금만 먹게 되었습니다. 덩달아 어항 속의 금붕어들도 졸고 있는 청거북이도 웬일인지 먹이를 점점 먹지 않게 되었습니다. 방안엔 다만 고요한 바다가 있고 야자수 섬이 있고 그 그늘 아래 쿨쿨 잠만 자는 청거북이 있을 뿐입니다. 그러던 어느 날입니다. 딸아이가 갑자기 외마디 비명을 지릅니다. 엄마 엄마. 금붕어… 죽걱따아. 밖에 있던 엄마가 달려 들어와 보니 정말 검정 금붕어 한 마리가 방바닥에 쓰러져 죽어 있었습니다. 어떻게 이런 일이 벌어질 수 있는지 엄마도 딸아이도 알지 못했습니다. 그러나가 엄마는 불현듯 어떤 예감에 몸서리를 칩니다. 아아… 엄마는 그만 탄식하고야 말았습니다. 엄마의 생각으론 검정금붕어 스스로가 어항 안에서 튀어나온 것이 분명해 보였기 때문입니다. 하마터면 엄마의 입에선 금세, 자살! 이란 말이 튀어나올 뻔했지만 꾹 참았습니다.

　　방안이 시름시름 앓고 있습니다. 어항이 웬일인지 우그러져 보입니다. 어항의 바다가 흐리게 흔들립니다. 야자수가 기운 없이 뒤뚱거리고 청거북은 숨이 차는지 쌔애쌕 호흡이 거칠어집니다. 빨강금붕어 한 마리는 지느러미가 찢어진 채 술 취한 듯 비틀거립니다. 이제는 빨강금붕어도 청거북도 먹이를 전혀 먹지 않게 되었고, 엄마와 딸아이도 물론 아무것도 먹지 않게 되었습니다. 엄마도 딸아이도 금붕어도 청거북도 모두모두 나날이 여위어 갔고, 그에 따라 나날이 방안의 풍경들도 일그러져 갔습니다. 어김없이 밤이 찾아와 별이 떴고, 별은 도시 한가운데서 죽어갔습니다. 그러던 어느 날, 지쳐 쓰러져 자고 있던 딸아이가 반짝 눈을 떴습니다. 곁에 누워 있던 엄마도 눈을 떴습니다. 뭔가 심상

찮은 일이 벌어지고 있다는 느낌을 받았던 것입니다.

정말 그랬습니다. 방안은 이미 해파리처럼 일렁이고 있었고, 어항은 녹아서 그 안에 고여 있던 물이 바깥으로 넘쳐나고 있었습니다. 플라스틱 야자수는 거의 주저앉아 있었고, 청거북도 빨강금붕어도 그곳엔 없었습니다. 방안엔 어항에서 쏟아지는 물로 흥건히 고여 넘쳐나서 딸아이의 무릎까지 차오르기 시작했습니다. 엄마, 바다가 넘쳐 나! 딸아이는 아주 똑똑히 엄마를 향해 이렇게 소리쳤습니다. 쉴 새 없이 바닷물이 점점 불어나서 엄마와 딸아이는 어항에서 쏟아져 나오는 바닷물에 시나브로 잠기기 시작했습니다.

그때 한 마리 거북이 나타나 지느러미를 흔들며 유유히 딸아이와 엄마에게 다가왔습니다. 거북이 말했습니다. 어서 내 등에 오르렴. 그 거북은 아주 덩치가 컸고 등딱지가 검푸르게 반짝였습니다. 그런데 자세히 보니 그 거북은 야자수 그늘 아래서 잠만 쿨쿨 자던 그 청거북이 아니겠습니까. 그런데 또 어느샌가 빨강금붕어 한 마리도 나타나 엄마에게 꼬리지느러미를 살랑살랑 흔들어대면서 자기 등에 올라타라는 시늉을 했습니다. 그 빨강금붕어도 엄마를 태울 만큼 덩치가 커져 있었습니다. 어디로 갈까. 거북이 말했습니다. 어디로 갈까. 빨강금붕어도 말했습니다. 딸아이가 소리쳤습니다. 아빠지 물론!

신기하게도 엄마에게도 딸아이에게도 아가미가 생겨나, 입에서 아가미로 바닷물이 들락날락하였습니다. 엄마와 딸아이와 빨강금붕어와 청거북은 물에 잠긴 도시를 떠나 어두운 바다 저쪽으로 헤엄쳐 갔습니다. 신기하게도 어두운 바다 속엔 예전에 벌써 죽어 버린 별들이 하나씩 하나씩 눈을 뜨면서 반짝거리기 시작했습니다. 얼마를 갔는지 모릅니다. 저쪽 어두운 곳에서 아주 빛나는 별 하나가 이쪽으로 다가오고 있는 모습이 보였습니다. 가까이 다가온 그 별을 보니, 그건 한 마리 검정금붕어의 눈동자였습니다. 아아, 스스로 어항을 뛰쳐나온 그 검정금붕어가 틀림없습니다. 살아 있었구나, 검정금붕어야!

그동안 얼마나 외로웠니. 이제 우린, 다시 행복해졌어.
뜻밖에도 그 검정금붕어가 딸아이와 엄마에게 말을 걸어왔습니다. 그랬습니다. 그 검정금붕어는 아빠였습니다. 난 어디론가 끌려가 다른 삶을 얻게 되었단다. 이젠 우리 모두 행복한 바다 속에서 살게 되었구나. 엄마도 딸아이도 아빠를 만난 것이 한없이 기뻤습니다. 이 거대한 어항 속은 티브이가 없단다. 대머리장군도 없고. 검정금붕어는 서서히 아빠의 몸으로 변하여 갔습니다. 아빠의 장발이 물결에 일렁였습니다. 아빠는 앞장을 서서 어디론가 유유히 헤엄을 쳐 갔습니다. 엄마와 빨강금붕어도, 딸아이와 청거북도, 유유히 아빠를 따라 헤엄쳐 어디론가 흘러 갔습니다.

# 느린 거리

저는 가끔 골목을 서성이는 버릇이 있습니다. 아주 낯설고 고적한 거리를 혼자서 천천히 걷기를 좋아합니다. 흐린 오후세 시쯤, 바람이 약간만 불면 저는 제 젖은 영혼의 담뱃불을 태우기 시작합니다. 뭔가가 자꾸만 안타까워지고 미지의 누군가가 못내 그리워지기 때문입니다. 그래서 전 길을 나섭니다. 하늘이 흐리구나 바람이 부네 이렇게 중얼거리면서요. 거리는 정말 흐릿한 수채화 그림 한 장으로 눅눅히 젖어 있습니다. 대체 누구를 기다리고 있는 건지 알 수 없는, 아주 낯선 거리입니다. 그렇게 어슬렁거리며 이곳저곳에 눈길을 줍니다.

어떻게 그리워하는지

문득 굳게 닫힌 가게의 문을 지날 때면 저 어두운 문 안에 갇혀져 있는 사연들이 궁금해지곤 합니다. 저녁이면 언제나 번성할 술집 문도 입 꾹 다물고 있는 거리, 피아노 교습소에서 들려오는 낮은 불협화음들, 그것이 낙엽처럼 낮게 깔려 쓸려가는 바람의 거리, 한때 번영을 구가했을 즐비한 중개사무소의 스산한 간판들, 그 침묵의 거리, 이발소 한 집 건너 미장원, 그 안에 마네킹처럼 앉아서 밖을 내다보는 미용사, 그 썰렁한 거리, 혼자서 자동차 타이어를 교체하는 정비소 직원, 폐차장에 형편없이 구겨져 쌓여만 가는 자동차들, 그렇게 녹슬어 부스스한 거리, 시멘트 블록담 위, 고양이 한 마리 먼 길을 응시하는데, 갑자기 지구대 순찰차가 불쑥 나타나선 이 골목 저 골목을 탐색하며 게으르게 흘러가는 거리, 등 굽은 노인처럼 약간 경사져 오르는 언덕, 거기 오랜 느티나무 한 그루, 아직 잎을 피워내지 못한 나뭇가지 사이로 앙상하게 회색빛 하늘만 깃발처럼 찢어져 보이는 거리, 그 언덕 위로 교회당의 낡은 십자가, 그 붉은 네온의 색채가 밤이면 선정적으로 충혈되어 신음하는 거리, 그 거리에 부슬비 내리면 전 세상을 잃어버립니다.

이따금씩 흐린 날이면 혼자서 그렇게 걸었습니다. 어쩌면 이 고적하고 느린 거리가 내 지난날의 흐릿한 영상은 아닌지 문득문득 자신을 돌아보게 됩니다. 사실 그 거리는 몇 번이고 제가 걷는 길입니다. 그러나 늘 그 길은 낯선 거리로 제겐 다가옵니다. 어제가 다르고 오늘이 다르고 내일이 다른 그 거리는 늘 흐려 있습니다. 늘 젖어 있고 늘 눅눅합니다. 대체 전 무엇을 찾아 헤매는 걸까요. 그걸 알지 못하는 저는 어머니를 생각합니다. 기억을 몽땅 저 세상 밖으로 날려 버린 어머니를 생각합니다. 지금 깊은 산골 요양원에 갇혀 계시는 어머니가 자꾸 생각나고 그러면 어머니가 보고 싶어집니다.

저는 그렇게 흐린 날을 살았고, 그렇게 흐린 날을 살고 있고, 그렇게 흐린 날을 보낼 겁니다. 단 한 번의 삶이 영원의 삶으로 이어져 있을지 저는 매일매일 궁금해집니다. 머리맡에 성경을 놓고 읽고 또 읽습니다. 머리맡에 논어를 놓고 읽고 또 읽습니다. 머리맡에 금강경을 놓고 읽고 또 읽습니다. 머리맡에 노자와 장자를 놓고 읽고 또 읽습니다. 그러나 마음은 늘 텅 비어 있습니다. 오히려 저 흐린 날의 거리가 저를 안내합니다. 그 거리가 제 마음의 깊은 길입니다. 아무도 만나지 못하는 거리여도 그 거리는 늘 제게 인사하고 늘 제게 무엇인가를 보여줍니다. 젖은 몸으로 그렇게 흘러다니는 그 거리에서 전 하나의 눅눅한 담뱃불입니다. 영혼을 짙게 태우지 못해 안타까워하는 한 지친 사내의 흐리고 흐린 일기장입니다.

어 떻 게  그 리 워 하 는 지

# 제3부

# 이 빈 마음 안에 들어와서

# 한심한 도시골목의 철학자

팔뚝질

골목을 지나가는 스님에게 철학자 하나가 한 푼 줍쇼 했다. 스님은 나무아미타불관세음보살 합장하며 지나갔다. 빈손을 거두던 철학자가 난데없이 팔뚝질을 했다. 나중에 누가 지옥에 갔을까요.

교신


　　전철 안, 열차 안, 식당, 휴게소, 공원벤치, 심지어 길 가면서까지 이 빛나는 작은 상자 안에 코들을 박고 있다. 교신은 아름답다. 낙엽이 지고 눈이 내리고 꽃이 피고 소낙비가 이들의 어깨에 쏟아질지라도 그것에 눈길 한 번 주지 않은 채 이들은 교신을 한다. 잠들어 꿈속에서도, 이 빛나는 작은 상자를 손에 꼭 쥔채 알 수 없는 먼 영혼과 교신을 한다. 계절이 바뀌어도 태양 한번 쳐다보지 않고, 자꾸만 작고 빛나는 상자에 코 박고 교신을 한다. 미지의 어디론가를 향해 자꾸만 자신이 불안해져서 교신을 한다. 대답하라 스티브잡스 스티브잡스…



　　햇빛과 철학자


　　햇빛이 자꾸만 달아난다고 투덜거리던 늙은 철학자는 그늘진 골목에서 햇빛사냥에 골몰하다 마침내 얼어 죽었다. 그가 남긴 의문의 화두 하나. 겨울엔 햇빛이 미치게 그립고 여름엔 햇빛이 미치게 싫다. 햇빛은 좋은 놈일까요, 아니면 나쁜 놈일까요.

광고

내게 광고출연 요청이 들어왔다. 나는 웃었다. 대체 내게 무슨 짓을 하려는 거요? 광고담당자가 말했다. 당신은 떴습니다. 뭐가요? 당신은 한심한 도시골목의 철학자이니까요. 그래서요. 그래서 우린 당신이 처한 아픔을 광고하고자 합니다. 뭘 광고해요? 당신의 아픈 골목풍경을요. 아픔도 광고합니까. 새로 법이 정해졌습니다. 일정한 아픔에 도달한 자에게는 광고를 해주어야만 하는 법률이 통과됐거든요. 여긴 이 세상에서 가장 행복한 곳인데요. 그건 당신 생각이죠. 당신은 아픔의 수치가 훨씬 넘어 있어요. 그 수치란 게 어떤 근거로 정해진 겁니까.

가령 나열하자면 이렇다. 내가 지나가는 행인을 쳐다본다. 나는 생각한다. 저 사람 200원쯤 내게 주어도 생계에 지장이 없을 텐데… 하지만 행인은 그걸 모르고 지나친다. 그래서 나는 아프다. 200원만큼. 그러면 200이 올라가는 것이다. 다행히 지나가는 행인이 무심결에 동전 200원을 딸랑딸랑 던져준다. 그러면 역시 나는 200의 아픔을 겪게 된다. 아 난 200원짜리 인생이로구나 하는 아픔의 수치가 오르게 된다.

난 오늘 구걸한 적이 없는데요. 네 그건 걱정하지 않으셔도 됩니다. 저희들이 감시카메라로 이미 분석하고 있으니까요. 당신이 무심코 행인을 쳐다본 것은 이미 심리적이고 내면적인 갈망이 200에 꽂혀 있다는 증거거든요. 우리는 전문가를 고용하여 그걸 분석하고 있습니다. 광고담당자는 제멋대로 카메라를 마구 들이댔다.

　　나중에 밝혀졌지만, 대기권 밖 저 어두컴컴한 허공의 한 점, 눈알 하나 반짝 떠 있어 그것이 나의 행동을 일일이 체크하고 있음을 나는 우연히 알게 되었다. 그러니까 이 골목의 철학자들은 나뿐만 아니라 모두가 오리지널 다큐멘터리 배우인 셈이다. 이 도시 사람들은 공짜로 이 골목의 거지같은 밑바닥 인생들을 낱낱이 TV로 시청하고 있었던 것이다. 그것이 도시사람들에겐 아주 큰 위안이 되었다. 자기들보다 더 비참한 인간부류들이 함께 공존한다는 것이 왠지 기분이 좋았다. 도시 사람들은 매일밤 골목철학자들을 시종이나 노예로 거느리는 꿈을 꾸곤 했다. 이내 남의 불행은 나의 행복이라는 고스톱 아포리즘이 만들어졌다. 당연히 도시철학자들은 화투나 포커그림의 주인공이 되었고, 매일매일 도시사람들의 기름진 손가락 틈에서 무언의 비명을 품위 있게 내질러야 했다.

이튿날 아침, 20초짜리 광고가 떴다. 찍지 말라고 얼굴을 가린 나의 모습이 아프게 나왔다. 이 자는 인간쓰레기입니다, 라는 광고문구가 밑으로 여울처럼 흘렀다. 2초 가량…, 아픔의 순간이 흐르면서 이 나라 임시로 대통령이 겸손한 웃음을 지으며 등장했다. 대통령은 고맙게도 나에게 손가락을 그윽하게 들어선 방아깨비처럼 흔들어주었다. 그는 진정으로 웃는 것 같았다. 하지만 측은한 눈길은 여전히 아파하는 것 같아 보였다.

저는 이런 쓰레기 같은 인간마저도 늘 함께 하고 늘 함께 아파하겠습니다. 임시로 대통령의 재선은 아픔수치 법률통과로 인해 이미 보장된 것이나 다름없었다.


아픔은 수치화되고 즉시 해소된다


TV 광고에 나온 나는 이 골목의 아이돌이 되었다. 외다리 철학자 한 사람이 지나가며 엄지를 치켜세웠다. 그는 그러면서 한 마디를 잊지 않았다.

많이 아픈가?

그리하여 나는 대영제국의 그리니치 천문대 표준시처럼 이 시대 아픔수치의 표준이 되었다. 세상은 아픈 사람투성이었다. 매일매일 아픈 사람들이 찾아왔다. 하지만 나는 어떤 대답도 할

수 없었다. 단지 나를 방문한 아픈 자들에게 나는 이렇게 말해
줄 뿐이었다.

글쎄요.

그러면 어디서 그런 수치가 결정되는지는 모르지만 그 사람의
아픔수치가 정확히 매겨지게 되어 있었다.


　　　　임시로 국가의 아픔수치 법률통과는 임시로 국민에게 아
픔을 공식화하고 수치화함으로써 아픔에 대한 고통을 완전히
해소시켜 주었다. 당신은 아픔수치는 500이오, 당신의 아픔수
치는 700이오, 라는 멘트가 어디선가 스피커로 울려 퍼졌다. 그
때마다 이상하게도 검은 박쥐들이 이 골목 저 골목을 날아다니
며 찍찍거렸다.

박쥐들이 날아간 저쪽 골목의 어디선가 아픔수치를 해소할 수
있는 철학자 한 사람이 등장했다는 소문이 들려왔다. 내가 글쎄
요 하고 아픔수치를 나타내주면, 저쪽 어느 골목의 철학자는 이
렇게 대답을 한다는 것이었다.

그걸 내 어찌 아누.

그 말이 떨어지자마자 아픔수치는 완전히 제로가 되어 물거품이
란 단어를 생산했다. 그것은 박쥐떼의 찍찍거림에 의해 분명히
밝혀져서 온 골목을 시끄럽게 울려댔다.

고지서

　　내게도 한 통의 고지서가 날아왔다. 친절하신 구청장님은 반갑게 내게 인사했다. 그리고 구청장은 골목사용료 징수에 대한 불가피한 사정을 이야기했다. 고지서엔 '세수확보총력돌진의 해를 맞이하여'라는 문구가 인쇄되어 있었다. 네모 킨 안에는 고딕체로 겨울햇빛사용료(기본료) 골목무단점거사용료(벌금) 가로등전기간접사용료(근거리위치) 오물수거료(담벼락쉬세) 등이 친절하게 적혀 있었다. 골목 곳곳에서 고지서를 든 철학자들이 골목에 스며든 맑은 햇빛을 침묵으로 바라보았고, 그 다음 자신의 더러운 빈자리를 내려다보았고, 한참 후 냄새로 얼룩진 담벼락을 쳐다보았다. 철학자들은 오래오래 묵상했다. 그로부터 골목엔 강도, 절도, 사기, 소매치기가 횡행했다. 골목에다 징수된 세금은 또박또박 잘 걷혔다. 어느 날 술 취한 시인 하나가 골목을 지나다 소매치기를 당했다. 그는 너무나 억울한 나머지, 시바아난 세금조차 낼 수 없는 시인일 뿐인데… 그의 전 재산 이천 원은 분명 세금으로 바쳐졌을 것이 틀림없었다.

## 아사餓死의 의미

평화골목으로 한 검사나리가 지나갔다. 철학자가 손을 내밀었다. 한 푼 줍쇼. 검사가 말했다. 내게 네 죄를 다오. 그래야 내가 너를 기소하여 재판을 할 거고, 난 한 달치 월급을 타게 될 거다. 그러면 이천 원을 네게 주마. 검사의 제의는 아주 합리적이었다. 철학자는 곰곰 생각했다. 그리고 이튿날 골목에선 강도가 발생했다. 검사의 마누라는 다이어목걸이를 강탈당했다. 철학자는 검거되었고 검사는 철학자를 기소했다. 그러나 검사는 일금 이천 원을 철학자에게 주는 대신 평생 동안 공짜로 밥을 얻어먹을 수 있는 감옥콩밥식권을 제공했다. 하지만 철학자는 일금 이천 원을 강력히 요구하면서 외롭게 단식투쟁을 수행하다 결국 조용히 아사餓死하고 말았다.


## 한하운 시인

문둥이 시인 한하운이 왔다. 도시 골목의 철학자들은 그와 함께 밤을 새웠다. 그 문둥이 시인은 분필을 가져와 담벼락에다 시를 썼다. 가갸거겨고교 구규그기가 라랴러려로료 루류르리라… 그런데 갑자기 한겨울이었음에도 개구리가 울기 시작했다. 도시는 개구리울음으로 자욱이 뒤덮였다. 이튿날 모든 골목의 문맹자들이 한글을 깨우쳤다며 자랑질을 했다. 노래꾼 송 아무개가 가장 먼저 가나다라마바사 하며 거리로 뛰쳐나와 으헤으헤 했다. 심지어 갓 태어난 아이들도 개구리처럼 한글 모음을 우물대면서 젖 달라 갸르르 갸르르 울어댔다. 그러던 어느 날 가갸거겨 개구리들이 울음을 그치고 종적을 감추었다. 그로부터 임시로 정부는 한글날만 되면 개구리 동상을 세워 하늘에다 제사를 지냈다. 한하운 시인은 한심한 구태의원들이 마구 싸갈긴 법률 2848조 2항의 사회혼란죄에 엄격히 적용되어 소록도로 끌려갔다. 뭉개부 장관이 조직범죄소탕부의 부당성을 낱낱이 지적하고 탄원하였건만 아무런 효과가 없었다.

그리하여 이제 그는 거리의 문둥이 시인이 아니라, 갇혀서 정당한, 인증된 정식 문둥이가 되었다. 뭉개부도 안심의 한숨을 내쉬었다. 솔직히 단숨에 한글을 깨친다는 건 대단히 위험한 일이 아닐 수 없었다. 만약 한하운 시인의 개구리 언어가 계속되었더라면, 세상은 너무나 똑똑해져버려 개굴개굴개애굴 너도나도 시끄럽게 짖어댈 것이 분명했다. 그건 생각만 해도 끔찍하고 소름끼치는 일이었다. 게다가 선생들은 물론이고 할 일이 없어진 뭉개부 장관 이하 모든 직원들의 밥통 또한 무사하지 못할지도 모를 일이었다. 그들의 철밥통은 모조리 우그러져 도시의 골목에 내팽개쳐질 게 틀림없었다. 도시의 골목 철학자들은 이 한바탕 소동을 겪으면서, 뭘 안다는 건 참으로 괴로운 일임을 단박에 깨치고 말았다.


성인聖人


　　예수가 골목을 지나갔다. 한 가여운 철학자가 손을 들어 애원했다. 예수는 자신을 추앙하는 신도이겠거니 하고 미소 띤 얼굴로 그냥 지나갔다.
공자가 지나갔다. 그 가여운 철학자가 두 손을 공손히 모아 엎드렸다. 공자는 예와 법도를 아는 철학자가 자기를 흠모하는 줄 알았던지 빙그레 웃으며 그냥 지나갔다.

　　석가모니가 지나갔다. 그 가여운 철학자가 결가부좌를 하고 엄지와 검지로 동그라미를 그리며 애원의 눈길을 보냈다. 석가모니는 생각했다. 이 수행자는 우주 삼라만상을 한 손에 쥐고 있구나. 석가는 큰 깨달음을 얻은 듯 무심한 얼굴로 그냥 지나갔다.
철학자는 너무도 화가 치민 나머지 벌렁 자리에 누워 씩씩거렸다.
시간이 흐른 후, 한 허름한 노인이 골목을 지나갔다. 철학자는 기다림에 지쳐 잔뜩 화가 나 있던 터라, 에라이 엿먹어라 이 영감탱이야, 제발 무간지옥에나 떨어져 다오, 하고 욕을 퍼부었다.

노인은 주머니에서 오백 원짜리 동전 다섯 개를 던져주고 갔다.

노인은 귀머거리여서 듣지는 못하지만 벌렁 드러누워 욕질을 하는 철학자를 궁휼히 여겼다.

오죽 배가 고팠으면 신음소릴 다 내지를까, 쯧쯧….


### 마르크스의 명언


어느 날 마르크스가 철학자들의 골목을 방문했다. 꼬붕 레닌이 뒤를 졸졸 따라왔다. 마르크스가 본 것은 한 골목철학자가 동전을 세고 있는 모습이었다. 방금 귀머거리 영감이 주고 간 그 동전은 욕질을 한 대가로 얻은 값진 재화였다.

마르크스가 엄숙히 말했다.

화폐는 인간의 노동과 생존의 양도된 본질이다. 이 본질은 인간을 지배하며 인간은 이것을 숭배한다. 레닌이 주머니에서 얼른 수첩을 꺼내 받아 적었다.

돈은 많을수록 좋다. 하지만 공산주의자는 절대 돈에는 초연한 척해야 한다. 인민은 꿈만을 좇으면 그만이다. 어차피 인민은 귀족적 공산주의자들을 위한 들러리 아닌가.

역시 레닌은 한 자도 빠짐없이 마르크스의 아포리즘 같은 말을 수첩에다 적었다.

마르크스가 돈을 세고 있는 철학자에게 물었다.

좋은가?

철학자가 마르크스 수염을 물끄러미 쳐다보더니, 불쌍한 거지야! 여기 한 푼을 줄 테니 제발 꺼져주면 안 되겠니? 그러자 레닌은 대뜸 이렇게 적었다.

마르크스 이 병신, 저 철학자가 누군지도 모르나 봐. 저 사람, 원초적 DNA를 강물처럼 이어오고 있는 원시 공산주의자인 걸 말이지. 마르크스는 무안한 나머지 자리를 뜨며 이렇게 말했다.

남이 뭐라고 말하든 자신의 성격대로 살라. 하지만 레닌은 아무것도 적지 않았다.

철학자가 마르크스는 거들떠도 보지 않고 레닌을 힐끗 쳐다보며 중얼거렸다.

피 냄새가 나. 세상이 좀 시끄러워지겠어.

어디선가 저녁 땅거미가 천천히 기어들어와 철학자의 무릎을 덮었다.

## 그림자

어느 날 긴 그림자 하나가 골목을 기어들어왔다. 긴 그림자는 이 골목 저 골목의 그늘들을 떼어내어 더 긴 그림자를 만들면서 깊숙이 미끄러져 들어왔다. 검은 뱀이 나타났다고 철학자들이 소리쳤다. 그림자는 서늘한 기운이 돌았다. 그러다가 슬그머니 어디론가 사라졌다. 이런 그림자 침범이 나흘간 계속되었다.

그로부터 이상한 일이 벌어지기 시작했다. 철학자들이 하나 둘 사라져갔다. 사라진 빈자리엔 '불온'이란 붉은 글씨가 담벼락에 선명히 찍혀 있었다. 철학자들은 몇 날 며칠을 생각하고 또 생각했다. 안개처럼 소멸한 철학자들의 이름은 무명이었다. 아무도 그들이 무슨 짓을 겪은 건지 몰랐다. 사라졌건만 사라진 자의 감춤이 어떤 의미를 지니는지 철학자들은 알 수 없었다.

원래 떠벌이기를 싫어하는 철학자들이지만 이때만큼은 자신을 억제하지 못했다. 아아아아 이 골목 저 골목에서 내지르는 철학자들의 부르짖음이 하늘에 울려 퍼졌다. 도시는 이제 거의 공황상태가 되어 울렁였다. 아아아아 그 외침이 너무 슬프고 외로워서 TV에서 노래를 부르던 가수 하나가 저도 모르게 아아아아 하고 울부짖었다.

당연히 임시로 국가 염라청은 아아아아 소리를 지르는 자들을 발본색원하여 재판에 넘겼다. 재판정은 아아아아 부르짖음과 그만두지 못해! 라는 엄포가 뒤섞여 아수라장이 되었다. 임시로 국가의 대통령은 즉시 일주일 동안 계엄령을 선포하고 TV에 얼굴을 드러냈다. 임시로 국가의 대통령은 앞으로 아아아아 소리를 지르는 자는 누구를 막론하고 '불온의 감옥'에 영원토록 유폐시켜 버리고야 말겠다는 포고령을 엄히 발동했다.

임시로 국가의 대통령은 아주 피곤했다. 하찮고 사소한 '한심한 도시골목의 철학자'들로 하여 너무 지치고 너무 약이 올랐다. 하늘에서 유성이 비오듯 쏟아져 내리는 날 밤에, 임시로 국가의 대통령은 국사의 막중함에 짓눌려 그만 아아아아 저도 모르게 비명을 내질렀다. 유성비는 새벽까지 계속되었다.

# 슬픈 피에로의 웃음

난 피에로지. 남들이 그렇게 불러, 넌 어릿광대라고. 슬픈 피에로라고….

익살로 먹고 사는 너. 인생극장 막간에 쪼르르 달려 나와 웃겨야만 하는 너. 일분일초도 여유가 없어. 넌 웃기지 않으면 끝장이야, 라고 사람들은 말하지. 저들이 먼저 웃으면서 말이야.

정작 내가 웃기려 할 때는 웃지를 않아. 말똥말똥 쳐다보기만 해. 그리고 야유를 퍼붓지.

시발놈아 넌 처먹고 뭘 했니, 웃기지도 않고. 쟤 진짜 웃기지도 않지 그치… 서로 옆자리를 쿡쿡 찌르며 킬킬거리지.

그날로 난, 그 인생극장 막간에서 잘렸어.

갈 곳이 없는 난 세상을 쏘다녔네. 갈 곳이 없는 난 갈 데가 참 많았네. 만나는 사람마다 넌 누구니 물었어. 그래 난 대답하지. 난 피에로야 인생극장 막간의. 그러면 이렇게 묻네. 근데 왜 쏘다니는 거야. 넌 막간을 지켜야잖아. 넌 거기 있어야잖아. 난 대답하지. 사람들이 웃지를 않아. 날보고 슬픈 피에로래, 재수가 없대.

어느 날 난, 우울증 심한 돼지를 만났네. 몹시 마른 돼지였네. 처음엔 쥐인 줄 알았네.
꿀꿀구울, 나 돼지 맞아. 돼지가 수줍게 말하네.
어쩜 이런 돼지가 다 있을까.
돼지보다 신세가 더 한심한, 슬픈 피에로인 내가 말하네.
돼지는 아무 말 하지 않네. 난 쥐만한 돼지를 곱게 안아 호주머니에 넣네. 굴굴굴, 돼지가 고맙다고 인사하네. 우린 떠났다네. 갈 곳이 없는 우린 갈 곳이 너무 많았네. 어디로 갈까, 우린 사막 한가운데 하루 종일 서 있었네. 어디로 갈까. 이윽고 석양 무렵, 긴 그림자를 이끌고 금빛 모래언덕을 넘었네. 우리 둘은….

## 슬픈 피에로의 웃음 테이프

어이 피에로. 넌 어디서 오는 거니?
노천가게 주인이 묻네.
사막에서.
사막에서 살아?
아니 그 너머에…
어디?
인생극장 막간에서.
얼마나 멀어?
백 년도 더 넘게…
그 먼 길을 여기까지 왔단 말이지?
나, 슬픈 피에로는 고개를 끄덕이네.

뭐 했어 거기서?

남을 웃겼지.

하하하 거 좋은 직업이군.

노천가게 주인이 웃네.

이 사람 이렇게 잘 웃는데… 여긴 어디일까, 나는 궁금해지네.

근데 사람들이 안 웃어.

나, 슬픈 피에로는 다시 한 번 우울히게 말하네.

안 웃어…

뭘 웃겼는데…

웃기는 걸 웃겼어.

여긴 매일 웃기는데… 너나없이 웃겨.

노천가게 주인이 또 웃네. 어딘가 쓸쓸한…

난 가만히 가게를 들여다보네. 주렁주렁 소시지가 매달려 있네.

주렴 같네.

이거 하나 먹어도 돼?

응 먹어, 공짜야.

난 그 말에 세상을 다 얻었네.

호주머니에서 잠든 마른 돼지가 꿀꿀거리며 기어 나오네.

색색의 소시지를 둘이 똑똑 따먹네.

이 무슨 맛일까, 돼지가 꿀꿀거리네.

써!

나도 써!

우리 둘은 씹던 소시지를 뱉어내네.

입에서 줄줄이 웃음이 엮여 나오네.

돼지 입에선 엉엉엉 웃음 테이프가 흘러나오네.

내 입에서도 엉엉엉 웃음 테이프가 흘러나오네….

웃음이 파랗게 물들여져서 나오네.

웃음이 노랗게 물들여져서 튀어나오네.

색종이 웃음들이 빨갛게 물들여져서 나오네.

검정, 주황, 초록으로 물들여져서 나오네.

그래도 우는 것 같아 웃음이 우는 것 같아….

노천가게 주인이 웃네.

하지만 어딘가 슬퍼보이네….

우리는 다 함께 하하하 웃어보네.

그래도 슬퍼 보이네, 엉엉엉 울고 싶은 웃음이네.

세상엔 억지로 되는 일 없듯이

웃음도 억지로 웃어지는 건 아니네.

돼지와 난, 노천가게 주인과 작별인사를 하네.

소시지는 써!

여기도 웃음은 없어!

노천가게 주인은 아무 말 없이 서 있네.

쓸쓸히 외로이 서서 우리를 배웅하네.

벌써 석양, 날이 저무네.

## 그림자감옥의 소녀

오백 년 동안 그림자감옥에 갇혀 있는 한 소녀를 슬픈 피에로가 만났습니다.

나는 이렇게 오백 년 동안 그림자감옥에 갇혀 있어요. 세 살 때부터 이 감옥에 갇혀 아주 조금씩 자랐답니다. 이젠 열다섯 처녀가 되었네요. 그래서 사람들은 저를 오백 년 그림자처녀라고 부른답니다. 소녀가 수심에 잠겨 말했습니다. 긴 창살그림자들이 소녀를 에워싸 소녀를 꽁꽁 묶어놓았습니다. 대체 무슨 죄를 졌길래…, 피에로가 가볍게 한숨을 내쉬며 탄식했습니다. 전 태어날 때부터 웃기를 잘했어요. 전 수심나라의 공주였어요. 제가 이 세상에 나왔을 때 전 울지를 않고 깔깔깔 탯줄을 붙잡고 웃어댔대요. 깜짝 놀란 왕과 왕비님은 저를 누에방에 가두었어요. 전 누에가 실을 뽑아 만든 고치 안에서 마구 웃으며 살았답니다. 밖에는 제 웃음소리가 새어나가지 않았죠. 누에가 뽑은 실이 너무 빛나서 웃고, 고치 안이 아늑해서 웃고, 근심에 싸인 왕과 왕비와 신하들이 웃겨서 웃었어요. 아련하게 비치는 얇은 비단실 벽을 통해 바깥 풍경이 아름다워 웃기도 했답니다. 그러나 세 살이 되자 누에방은 내게 너무나 좁아졌어요.

온통 근심에 싸인 왕이며 왕비며 대신들이며 모두들 이 사실이 백성들에게 알려질까 두려워 쉬쉬했어요. 수심나라를 기우국杞憂國이라고 부르는데 사람들은 하늘이 무너질까 봐 늘 걱정들을 한답니다. 제가 웃음을 웃으면 땅과 나무와 산이 흔들려 하늘이 무너질지도 모른다고요. 그러니 제 웃음이 얼마나 위험하겠어요. 어떻게 할까 어떻게 할까 고민에 빠져 있던 참에 한 마녀가 찾아왔어요. 마녀가 근심에 싸인 왕과 왕비에게 말했어요. 이제 저 공주를 그림자 속에 가두어야 합니다. 그림자는 모양도 없고 꿈도 없고 사랑도 없지요. 그림자는 이 세상 모든 참된 것을 지우니까요. 그래서 그림자에 갇히면 웃음도 지워지고 말죠. 마녀는 그렇게 말하고 이상야릇한 웃음을 흘렸어요.

마녀가 만들어놓은 이 그림자 창살은 제 웃음을 영원히 지워 버렸답니다. 제가 바라보는 세상은 하나도 아름답지 않았어요. 새들도 울고 강도 울고 메아리도 울었어요. 바람도 울고 파도도 울고 흐린 날 구름도 울었어요. 늘 비가 내렸고 늘 한숨으로 세월을 보냈어요. 그러던 어느 날 제게 한 마리 새가 날아왔어요. 난 유리새야. 작은 새가 말했어요. 눈썹이 하얀 새였어요. 등은 푸르렀고요. 넌 어디서 왔니? 제가 물었어요. 하늘에서 있지. 유리새가 대답했어요. 하늘에서… 저런, 살얼음처럼 깨지기 쉬운 하늘에서 왔단 말이야? 하늘은 깨지지 않아. 하늘은 비어 있어. 하늘은 이 세상 저쪽에서 고요하게 있을 뿐이야. 전 그 유리새가 말한 뜻을 전혀 알 수 없었어요. 어찌 알겠어요. 이렇게 그림자감옥에 갇혀 오백 년을 살아온 제가요.

유리새는 그림자 창살을 부리로 톡톡 건드려보았어요. 이건 가짜야. 하지만 이 창살을 거두기란 쉽지가 않아. 저는 고개를 끄덕였어요. 내가 그림자 창살 바깥으로 나가려고 하면 그림자 창살이 쭉쭉 늘어나는 거야. 한없이 쭉쭉 고무줄처럼 늘어나. 그러다가 갑자기 퉁, 하고 제자리로 튕겨져 돌아오지. 이렇게 난 하루에도 수백 번도 더 걸어 나간단다. 하지만 늘 제자리일 뿐이지. 그리고 늘 지쳐 버려. 이 그림자를 만든 막대기들을 치워야만 네가 밖으로 나갈 수가 있어. 유리새가 담담히 말했어요. 그 막대기가 어디 있는데? 그건 나도 몰라. 그걸 알면 내가 치워주었을 텐데… 유감스럽게도, 미안해. 유리새가 부끄러운지 얼굴을 붉혔어요. 아니, 난 괜찮아. 오백 년 동안 이렇게 살아왔는걸 뭐. 나도 담담히 말해주었어요. 그러자 유리새가 말했어요. 저 먼 사막 끝에서 한 슬픈 피에로가 찾아올 거야. 그 피에로의 친구인 꿀꿀이 돼지도 함께. 그들에게 어쩌면 해결방법이 있을지도 몰라. 그러곤 유리새는 하늘로 날아갔어요. 염려했던 하늘은 깨지지 않았어요.

슬픈 피에로는 가만히 듣고만 있었습니다. 꿀꿀이 돼지는 그림자 창살을 주둥이로 비벼댔습니다. 마음이 아팠나 봅니다. 난 아는 게 하나도 없어. 나도 웃음을 잃어버렸단다. 그래서 웃음을 찾으러 세상을 떠돌고 있는 거란다. 슬픈 피에로는 자기가 어떻게 해서 사막을 건너오게 되었는지를 그림자감옥에 갇힌 공주에게 자세히 들려주었습니다. 공주는 아무 말도 하지 않았습니다.
슬픈 피에로가 더듬거리며 말했습니다. 언젠가 그림자 창살을 만든 막대기를 만난다면… 어쩌면 그림자창살을 거둘 수 있을지도 몰라.
공주가 슬픈 피에로를 바라보며 말했습니다. 고마워 슬픈 피에로. 그리고 꿀꿀아. 내 걱정은 마. 언젠가는 걸어서 나갈 날이 있을 거야. 그게 언제인지는 모르지만….

이 빈 마음 안에 들어와서

그들은 쓸쓸히 헤어졌습니다. 하늘이 깨어질까 두려워 하늘을 쳐다볼 수조차 없는 수심나라 사람늘은 십안 깊숙이에서 귀 기울여 그들의 대화를 듣고 있었습니다. 그리고 조그만 소리에도 깜짝깜짝 놀랐습니다. 꿀꿀꿀, 아이 깜짝이야. 하늘이 무너지는 줄 알았네. 한숨소리가 여기저기 골목골목에서 새어나왔습니다.

피에로와 꿀꿀이는 길을 가면서 생각했습니다.

그 언젠가가 대체 언제일까.

# 어느 무정부주의자의 상징에 대한 생각

나는, 상징을, 모른다.

말 그대로 상象은 꼴이요, 모양이요, 형상이요 징후임을 모른다.

따라서 그 상과 교합하는 징徵 또한 당연히 알 수 없긴 마찬가지이다.

그러므로 징徵이 의미하는 것, 그것이 어떤 것의 징표나 기호가 됨을 아둔한 내가 어찌 알 리가 있겠는가.

상징象徵!

나는 초등학교를 다니면서부터 태극기를 쳐다보며 우리나라를 배웠다.

태극기는 대한민국을 상징한다, 라고 나는 배웠다. 그리하여 어

린 나는 내 왼쪽 가슴에다 가만히 손을 얹고 태극기를 향하여
다음과 같이 굳게 맹세하곤 하였다.

나는 자랑스런 태극기 앞에
조국과 민족의 무궁한 영광을 위하여
몸과 마음을 바쳐 충성을 다할 것을 굳게 다짐합니다

나는 지금도 이 말을 뇔 때면 가슴이 설렌다. 뭔가 두근거
리고, 겨울산 멀리 북소리가 아득히 들려오고, 그 어떤 고난의
행군도 마다하지 않을 굳은 각오에 마냥 들뜨게 되는 것이다.
이 굳은 결의, 이것이 나를 이 나라의 보통국민으로 만들어주었
다. 나는 성장하여 13자리 숫자의 주민번호를 부여받았고, 내
마음엔 60년도 넘게 묵어온 뿌리 깊은 나무가 자라고 있고, 여전
히 대한민국은 바람결에 태극기가 펄럭이고 있고, 관공서나 은
행이나 그 어디든 주민번호 카드를 소지 제출함으로써 나 자신
을 국가(정부)로부터 대한민국 국민임을 당당히 확인받고 인정
받을 수 있었다.
그래서 나는 감격한 나머지 가끔씩 아주 가끔씩 하늘을 우러러
이런 노래를 읊조리기도 한다.

태극기가 바람에 펄럭입니다
태극기는 우리나라 깃발입니다

그러다가 또 나는 아주 가끔씩 술이 거나해지면 이렇게
바람처럼 떠돌아다니는 패러디된 노래를 휘파람처럼 불어제끼
는 것이다.

강아지가 바람에 팔짝 뜁니다
강아지는 우리나라 개새낍니다

이런 노래는 국가주의적인 상징을 모독한 것이다. '너희는
국가가 너희에게 무엇을 해줄 것인가를 묻기 전에 너희 스스로
국가를 위하여 무엇을 할 것인가를 먼저 생각하라'를 감히 위반
하고 모독한 것이다.
그것이 비록 네 한때의 치기 어린 장난끼였다 하더라도.
네 비록 지금은, 고독한 무정부주의자임을 자처한다 하더라도.

나는 중고등학교 때 세계사를 배웠다. 나치의 상징 하켄
크로이츠는 독일어로 '갈고리 십자가'라는 뜻이다. 아돌프 히틀
러에 의해 독일국기로 채택된 이 갈고리 십자가는 게르만족의
상징, 룬 문자 형태의 기호이다. 하이 히틀러! 라고 외치면서 오

이 빈 마음 안에 들어와서

른팔을 번쩍 치켜들 때 수천만의 독일인들이 열광했고 동시에 수백만의 유태인들이 아우슈비츠 수용소에서 굴뚝 연기로 사라졌다.

이것의 상징은? 어느 한쪽은 광분의 환호가 있고 어느 한쪽은 어린아이·부녀자·노인 할 것 없이 고통과 치욕과 죽음이 기다리고 있다. 이 상징은? 이 잔혹함의, 이 광란의, 이 이율배반적인 상징은 과연 무엇이란 말인가.

시뻘건 태양이 뿜어내는 빛살들이 무한창공으로 뻗어나가는 일본의 욱일승천기. 조선의 아름다운 산하에서, 중국의 끝없는 벌판에서, 동남아의 아열대우림지대에서 군화발자국처럼 그 빨간 태양의 깃발이 욕망처럼 뿌리 없이 흩날릴 때, 일본 군국주의의 그것이 의미하는 상징은? 그것은 한없는 정복자의 미친 꿈이었고, 한없이 허무한 만용이었다. 결국 그 욱일승천기는 꺾어지고 쓰러지는, 비참한 종말을 내포하는 상징이 되고 말았다. 일본인들에겐 좌절의 향수가 깃든 정복자의 상징으로서, 피정복자들에겐 지울 수 없는 상처와 분노의 상징으로서.

인간은 제도적 상징을 통하여 결속하게 되고, 그 결속을 통하여 인간은 집단화되어 가고, 그 조직된 사회를 유지 관리하고 번영케 하기 위하여 권력자를 세운다. 그에 따라 엄격한 법과 질서를 위하여 권력자(정치꾼)는 무소불위의 힘을 행사하게 되는 것이다. 거기엔 상징적인 슬로건이 반드시 필요하게 된다.

오로지 국민을 위하여!

이 상징 또한 이율배반적이긴 마찬가지이다.


나는 이 제도적 상징을 통하여 인류를 배웠고 또 배운다. 나는 따라서 그 인류를 형성하는 한 인간, 즉 개인으로서의 상징도 배운다. 그래서 나는 뭇 시인들이 기호화한, 마음결의 모호한 상징을 이해하려 무던히도 애를 쓴다.


나는 시인이다.

나는 한 개인이고 그 한 개인을 사랑하려고 하는, 그래서 한때는 절망하고 한때는 아파하고 한때는 기쁨에 들떠 있는 한 인간일 뿐이다.

나는 또한 소년이었을 적 구르몽의 시 〈낙엽〉을 자주 애송하곤 했다.

시몬, 나무 잎새 져 버린 숲으로 가자
낙엽은 이끼와 돌과 오솔길을 덮고 있다
시몬, 너는 좋으냐 낙엽 밟는 소리가?

낙엽 빛깔은 정답고 모양은 쓸쓸하다
낙엽은 덧없이 버림을 받고 땅위에 있다

시몬, 너는 좋으냐 낙엽 밟는 소리가?

나는 이 낙엽이란 시를 읽으면 아프다. 나는 문득 '죽음 가을 허무 아련함 쓸쓸함'을 느끼게 된다. 이 낙엽이 의미하는 상징은 너무도 포괄적이다. 또한 시몬이 상징하는 것은 무엇일까. 베드로일까. 마술사일까. 십자가에 못 박힌 순교자일까. 아니면 그냥 이름일까. 그에 대한 상징은 대체 무얼까 하고 나는 젊은 날을 참 많이도 고민했었다. 과연 그 당시 나만 그랬을지는 지금도 의문부호로 남아 있다. 아주 모호한 상징으로서만.
여기 김수영의 시 〈눈〉이 상징하는 의미는 또 무엇일까.
이 시인의 시구를 살펴보면 '눈은 살아 있다, 떨어진 눈은 살아 있다. 마당 위에 떨어진 눈은 살아 있다. 기침을 하자. 젊은 시인이여 기침을 하자'라고 되어 있다.

눈은 하얗고, 눈은 차고 맑다. 눈은 마당에 떨어져 온갖 사물을 다 덮는다. 그런데 젊은 시인이여 기침을 하자, 라고 말한다. 그 기침은 늙은이가 내뱉는 죽음의, 해소병이 있는, 가래가 끓는 기침이 아니다. 젊은 시인의 투명하고 맑고 싱싱한 기침이다. 이쯤 되면 이 눈과 기침의 상징이 던져주는 의미를 우리는 자연스레 느끼게 된다.

하지만 정치적 성향을 지닌 사람들이 느끼는 상징은 다를 수 있다. 눈은 청결이요 더러움과 폭압과 고통을 덮어 잠재우는 순결함과 정의의 상징이다. 그러므로 젊은 시인, 즉 저항의 시인은 마침내 기침을 하게 되는 것이다. 시대의 아픔을 느끼는 시인은 분연히 저항의 기침을 하게 되어 있는 것이다.

시적 상징은 바로 이렇게 다의성을 지닌다. 그래서 시인은 개인적 삶과 개인적 심상을 새롭게 상징화하고 새롭게 창조한다. 시적 상징엔 직유나 은유처럼 원관념이 없다. 오직 보조관념만이 존재할 뿐이다. 그래서 여러 가지 의미의 함의어를 내포하게 된다. 추상적 관념이 상징 속에 다의적인 의미로 존재하게 되는 것이다. 지극히 개인적이고도 지극히 창조적인 상징으로서의.

그에 따라 시인이 창조한 상징은 매우 모호할 뿐만 아니라 암시적이고 비의적이어서 매우 위태롭기도 한 것이다.

신동엽 시인의 〈오렌지〉 일부분을 들여다 보자. '나는 지금 위험한 상태에 있다, 오렌지도 마찬가지 위험한 상태에 있다.' 신동엽 시인의 현재는 위험한 상태에 놓여 있다. 시인은 언제나 현재를 자각하는 존재이고, 불안한 미래를 모호하게 예감하는 존재이고, 지난날이 결코 지난날이 아님을 느낄 수밖에 없는 존재임을 일순 깨닫게 된다. 그래서 시인은 언제나 위험한 상태에 놓여 있게 된다. 오렌지와도 같이, 어떤 회색의 징후도 없이 오렌지는 결국 자신의 불안한 색깔을 드러낼 수밖에 없다.

우리는 엘리엇의 황무지 첫 머리에 나오는 '사월은 가장 잔인한 달'을 이해하기 위해 얼마나 많은 상상력과 얼마나 많은 지식을 동원하였던가. 사월이, 그 싱그럽고 향기로운 달이, 푸른 초원의 달이, 냇물이 신나게 달려가는 달이, 어찌 잔인할 수 있단 말인가. 이 터무니없는 수사修辭는 대체 뭐란 말인가.
나는 이 은유적 비유를 느끼기 위해 얼마나 많은 밤을 지새웠던가. 얼마나 많은 젊은 문청들이 입에 침을 튀기며 열띤 토론을 벌였던가. 이것이 과연 시인가?

그렇다. 사월은 고통이었다. 분만의 고통… 그것을 이해한다면 4월은 '가장 잔인한 달'이 될 수 있는 것이다. 온 생명들이 마른 땅에 온힘을 다하여 뿌리를 뻗는다, 마침내 흐르는 물을 찾아 힘겹게 물을 빨아들인다. 그리고 펌프질을 하여 줄기차게 물을 퍼 올린다, 싹을 틔우기 위해 매서운 찬바람과 햇볕의 온기를 느낀다, 몇 번이고 이파리와 꽃을 내밀었다가 움츠린다. 만약 우리가 이 고통의 시간들을 이해한다면, 우리 모두가 생명의 창조에는 잔인한 고통이 수반됨을 어렴풋이나마 이해한다면, 우리는 이내 사월의 봄비가 '잠든 뿌리를 뒤흔든다'는 상징적 의미를 드디어 이해하게 될 것이다.

그래서 사월의 상징이 '설렘 고통 분만 탄생 생명 죽음의 힘 뿌리 봄비' 등등 많은 함의어를 내포하고 있다는 걸 우린 불현듯 알아낼 수 있게 될 것이다.

나는 지금도 엘리엇을 읽는다. 엘리엇의 모든 것을 읽는다. 시인은 어느 한 시인이나 문필가에게 집중적으로 몰입할 필요가 있다고 생각하기 때문이다. 엘리엇은 상징적이다. 나는 엘리엇을 읽게 되면 내 운명을 느끼게 된다. 무엇인가 예감하게 되고 무엇인가 나만의 독특한 세계를 상상하게 된다.

그러므로 T. S. 엘리엇은 나의 영원한 상징이다. 내가 죽기 전까지는 말이다.

# 개똥철학

대체 철학이란 게 뭐유. 누가 묻잖유. 그럼 내 이러지유. 거, 사는 얘기지 머여. 그럼 어떻게 살아야 하는 거쥬, 라고 되묻겠쥬? 그럼 내 그러지유. 생긴 대로 살어. 그럼 욕이 대뜸 날아오지유. 쓰벌 영감탱이. 니 행색 보니 니 팔자 니 얼굴에 다 씌여 있구먼 그래. 가래침을 타악 내뱉으며 쌩 가버려유. 승질머리하군 쯧쯧…. 그래, 난 하루 종일 심심하여 동네 느티나무 그늘진 평상에 다소굿이 앉아 구름만 오래오래 치어다 보쥬. 대체 철학이란 게 뭘까나.

근데유 모르겠어유. 암만 궁리해두 모르겠어유. 그래 묵은 사전을 쉬엄쉬엄 뒤적여 들쳐보았쥬. 사전풀이는 이렇게 되어 있데유.

철학. [명사] 인생 세계의 구체적이고 현실적인 문제를 확실 엄밀하게 인식 비판하여 근본적으로 해결하는 학문. 뭔 말인지 아실라나 모르겠네유. 단지 아는 건, 사주생이들이 철학관 간판을 붙이는 이유가 다름 아닌, '삶을 근본적으로 해결함에 있는 것이 아니라 '어찌하면 돈이 펑펑 쏟아져 행복해질 수 있을까'에 방점이 찍혀 있는 것만은 분명하네유.

어젠가 그젠가 구케의원을 지냈던 분이 사주쟁이가 되어 테레비에 나왔데유. 대머리가 되어서유. 고민이 참 많았던가 봐유. 머리털이 한 개도 없이 홀라당 다 빠졌던데유? 대선에 누가 젤 쎌까요. 얍샵하게 생긴 앵커가 제깐엔 날카로운 질문인 양 들이대자 이 전직 구케의원 에둘러 한다는 말이, 에 또 그야 모르죠. 다만 이 분은 듣는 귀가 좋고, 이분은 눈매가 살아 있고, 이분은 선해 보여 헐렁할 것 같지만 이기심이 있어 손해는 안 봐요. 다 강력해요. 뭐라 할 순 없죠. 앞으로 일을 어찌 알아요. 이러데유. 이 무슨 썰렁한 개그란 말인지 도대체 알 수가 없데유. 마지막 멘트가 또 이러데유. 지 말은 뭔고 하니 들을 귀 있는 분은 다 알아들었을 거라 그겁니다. 그 주절거림을 한참이나 들여다보고 귀동냥하다가 내 이랬쥬, 아 참 쓰벌 겉은 이 난세, 어지러워라, 무림천하 주름잡을 자 누구인가. 뭐가 되든 족집게로 집어내고, 얼음 같은 눈길로 세상이치 꿰뚫어 버릴 혜안이 어디 이따위 전직 구케의원뿐이더냐. 내도 한 번 기지개 좀 펴볼까나. 그게 이 동네 개똥철학관을 내게 된 단초가 되었던 거구먼유. 난 고봉준령 깊은 계곡에 들어가 수십 년 입산수도 해본 적 없고, 구름 타고 다닌다는 그 잘난 스승도 없고, 개나 소나 다 안다는 외국빨 발음의 문자지식조차 가진 것 없고, 인문학이라나 뭐라나 공짜 데까로또도 접해 본 적 없지유. 마르크스가 비스겟또 종류인 줄 알았다가 좀 유식한 할망구에게 개망신까지 당했지만 그런 대로 힝, 하고 뻔뻔을 떨 뱃장 하난 가지구 있구먼유. (나중에 이 할망구 종종 등장해 나를 괴롭히는 역할을 해유. 내가 한창 썰을 누군가에게 놓을라치면 늘 이렇게 종주먹을 먹이는 것이어유. 이 무식한 철핵쟁이야. 자넨 조연조차도 제대로 하는 게 없어. 에크~스트라…잉), 헤에… 뭐 조연이든 주연이든 엑스트라이든 전느티나무 평상에서 구름 쳐다보는 게 젤루 좋아유. 그러다가 조용히 구름 타고 저 변방 어디론가 흘러갔으면…, 그런 허접한 꿈이나 꾸어대구 하지만서두.

203

이 빈 마음 안에 들어와서

제 개똥철학관의 기본철학은 아주 단순허구면유. 주역이나 토정비결이나 사주팔자보기나 손금이나 데까로또나 칸나의 형뻘 되시는 칸트나 주자나 공자나 순자나 영자나 다 게서 게라는 걸 쬐꼼은 눈치껏 알아채서 그냥 아는 체 모르는 체 '그냥 나오는 대루 주절거림' 이거지유. 그냥 감이다 이런 말이어유. 왜 있잖유. 감 잡았어, 라고들 말하잖아유? 그거 허투루 지나쳐선 안 돼유. 감 잡았어 이 말에 대충이 들어가면 확연히 그 감(느낌)은 살아나겄지유. 대충 감 잡았어. 이거 참 심오한 말이걸랑유? 모 개그맨이 몇 년 전에 그걸 유행시킨 적 있었지유 아마? 그까이꺼 대충. 그게 참 많은 메따뽀를 주걸랑유. 메따뽀. 나무둥치 메다가 뽀개는 게 아니구유, 우리말론 은유라는 건데, 그 은유가 우리 뇌 속을 헤엄치기 시작하면 그게 바로 성경도 되고 불경도 되고 논어도 되고 노자 무위론도 되고 장자 제물론도 된다 그말이지유. 그럼 그에 따라 그것을 분분이 해석하고 주석을 다는 학자들이 등장하게 되고 너를 박짜 선비 사짜를 붙여 박사博士를 맹글어유. 그리고 찰거머리 신도가 나타나 온몸과 영혼을 다 바쳐 그들을 지성으로 섬기구 충성을 다하게 된다는 말이지유. 그럼 목사님이든 스님이든 신부님이든 그에 따라 하늘과 인간 사이를 맺어주는 거간꾼이 꼭 등장하게 마련이구 그게 또 새로운 파를 형성하여 그룹을 형성하게 된다는 거지유. 에이, 산다는 게 좀 피곤하긴 하네유.

난 개똥철학 관장. 난 한 마리 개똥벌레여유. 난 구름만 바라보는 싸나이. 느티나무 평상에 드러누워 구름이 되고파 꿈꾸는 노인. 동네 개들하고나 벗 삼아도 인간세상은 한결같구나. 다 알 것 같구나. 그러니 사람과 사람 사이, 구름과 구름 사이, 나무와 나무 사이, 똥개와 스피츠 사이, 고냉이와 까마귀 사이, 별과 이불 사이, 쑥부쟁이와 소리쟁이 사이, 이명박과 사대강 사이, 박그네와 안바이러스 사이, 거기 보리알 끼듯 누구와 누구 사이, 황야의 무법자와 노을 사이, 쓰러지는 자와 일어서는 자의 사이, 도둑놈과 창녀 사이, 하품과 잇새에 낀 절망 사이… 그 사이 사이로 세상은 바람처럼 흘러유. 그게 지가 느끼는 감이쥬.

이제 개업이랍시구 슬며시 문을 열긴 했지만 복채 들고 오는 분은 당분간 없을 거구먼유. 일단은 제 썰(이바구)이 얼매나 멕혀들런지는 모르지만유. 한 번들 귀 기울여봐유. 들을 만한 썰도 이따금씩은 있을 거구먼유. 안녕히들 기셔유. 이제 자러가야 해유. 느티나무 평상에 드러누워 낮잠 한잠 자려구유. 그러면 내 친구 깜장 고냉이가 소리없이 나타나게 되어 있어유. 늘 제곁을 지켜줘서 그게 마음 든든하쥬. 요즘 그늘 밑은 좀 선선해유.

이 빈 마음 안에 들어와서

# 예언

　　개똥철학관을 개업한 지도 어언 2개월이 다 되어 가는구면유. 근데 손님 하나 없고, 우두커니 하늘 구름 쳐다보기도 민망하여 종종 호반초등학교로 가지유. 거기 아이들 축구 구경을 하다가 스코아 맞히기를 해보는 거여유. 어 저 놈을 보니 제법인걸, 저 녀석이 속한 파란 유니폼 팀이 4대 1로 이기겠군. 그럼 아주 신기하게도 그게 딱 맞아떨어지는 거여유. 한 번이면 우연히 맞힌 거라지만 이게 정말 장난 아니게 단 한 번도 틀린 적이 없구면유. 물론 내 점치기는 순전히 감이라고 말씀드린 바 있지유 왜? 그런 거여유. 그냥 무심코 뇌까리면 애들이 그 점수 몇 대 몇을 일부러 맞춰주느라 슛 골인을 하는 거 같다니까유?

그래 한 번은 하도 신기해서 애들을 불렀지유. 물론 코치 선생도 웬 조그만 영감이 매일 와서 구경하는 게 좀 머시기했던 모양이어유. 호기심 어린 눈빛으로 어슬렁어슬렁 아이들 뒤를 밟잖유? 난 그러거나 말거나 상관하지 않고 몰려 온 아이들에게 말했쥬. 오늘 너희들 시합 점수를 미리 알려주겠다. 오늘은 빨간 줄무늬 너희들이 3대 2로 이길 거다. 그 말에 아이들이 까르르 웃을밖에유. 코치 선생도 어이없다는 듯이 빙그레 웃더군요. 또 그러거나 말거나 난 가만히 내 포지션(조그만 분수가 솟아오르고 금붕어가 헤엄치는 구름다리 위)에서 운동장을 지켜보구 있었구면유. 시합은 시작되었고 아이들은 내 말은 당연히 잊어버린 채 이리저리 뽈 차느라 정신이 없었구면유. 그런데유, 증말 3대 2루다가 빨간 줄무늬 팀이 이겼어유. 근데 어떤 아이가 시합이 끝나고 나서 내 생각이 난 듯 달려오는 거여유. 할부지가 맞췄네요, 할부지 점쟁인가요~? 허 이눔봐라. 이눔 또한 예삿놈이 아니로구나. 내가 개똥철학관 관장인 걸 다 알아맞추다니….

그 뒤로 시합이 시작되기 전 묘한 진풍경이 벌어지곤 했구면유. 아이들이 웅기중기 내게로 모여들어 묻는 거여유. 할부지 오늘 시합은? 그러면 난 몇 대 몇 하면서 스코아를 말해주지유. 그게 기막히게 맞아떨어지니까 아이들이 이젠 나를 의식하기 시작하는 거에유.

그러던 어느 날이구먼유. 그 예언의 스코아 알아맞추기 게임이 시작되기 전 내가 3대 3 무승부라고 자신 있게 말하자 한 아이가 대뜸 이렇게 말하는 거여유. 할부지 오늘은 그렇게 되지 않을 걸요? 하는 거여유. 시합이 시작되었고 3대 2로 빨긴 줄무늬 팀이 이겨 가고 있었고 시간은 일 분쯤 남아 있었어유. 근데 아이들이 뭔가 움직임이 다른 거여유. 지들 깐엔 아마 작당모의를 하지 않았나 싶었는데 파란 유니폼 팀이 빨간 줄무늬 팀 골 근처에서 이리저리 주고받는 패스만 하는 거여유. 내 애간장을 태우려고 일부러 작전을 꾸미는 것 같았지유. 코치 선생도 이상하게 빙글빙글 웃으면서 나를 힐끔힐끔 쳐다보다가 손에 쥔 스톱위치를 들여다보지 않았겠어유? 이제 곧 호각을 불어제끼겠구나 싶었쥬. 좀 낭패다 싶은 생각에, 에이 오늘은 글렀구나 하며, 하늘구름을 쳐다보는 순간, 어라 이상한 낌새를 느껴 버린 거여유. 하늘엔 구름 한 조각 깊은 하늘 속으로 빨려들어 소멸하고 있었어유. 그리고 동시에 호각소리가 들려왔고 아이들이 깊은 탄식을 내지르는 소릴 난 분명히 들었쥬. 나중에 알고 보니 수비하던 한 아이가 그만 호각소리에 깜짝 놀라 뼁 바깥으로 뽈을 찬다는 것이 그만 빗맞아서 자기 골대로 차버렸던 거지유. 이런 걸 자살골이라고 하나유? 아아! 아이들의 절망적 탄식이 하늘에 닿아 구름처럼 소멸한 뒤 스코아는 3대 3 무승부가 되고 말았어유.

난 망연하게 그 장면을 목격했고, 나 자신을 알 수 없었고, 소멸한 흰 구름 한 조각을 알 수 없었고, 세상 이치를 알 수 없었쥬. 도대체가 이런 사소한 게임에도 알 수 없는 생이 담겨 있구나 생각할밖에유.

너무 긴 썰에 오랜 시간 욕보셨네유. 금세 똥이 마려워지는구면유. 지송해유. 담에 봐유. 얼룽 댕겨 올게유⋯.

# 이뿐이는 오지 않았다

첫눈 오면 만나기로 한 내 이뿐이 애인은 기어코 오지 않았어유.

워낙 인생이 부박하여 이리저리 떠돌다 보니 첫눈은 대개 객지에서 맞기가 일쑤였구먼유. 이제 겨우겨우 조그만 임대아파트에 거처를 정하였건만 겨울이 닥쳐오매 살아가기가 참 막막허네유. 몇 달 전 문을 연 개똥철학관은 개점휴업 상태고, 밀린 임대료 독촉공고문이 아파트 입구 유리창에 척 걸려서, 오며가며 들락날락거리는 지를 한없는 측은지심으로 조롱하는 것만 같네유. 어쩌다 그 붉은 글씨의 독촉장이 바람결에 펄럭일라치면 내… 내…빨랑내… 파알랑 파알랑 내애~푸르르르 자꾸만 반복 반복하는 게 그게 마치 노란 앵무새 주둥이 같다니께유. 사램들이 내

년엔 살기가 엄청 힘들 거라 이바구들을 치지만 전 지금 이 순간 이 가장 춥구 배고파유.

　　단지 희망이란 게 있다면 고작 첫눈 오면 내 사랑하는 이뿐 이와 낭만적 해후를 한다는 거, 그리하여 단풍나무 아래 벤치에서 어쩌면 내 이뿐이의 손을 잡을지도 모른다는 거, 그러다가 호호 입 김 불어 그 자그마하고 예쁜 손을 어루만져줄지도 모른다는 거, 그 한 가닥 실낱 같은, 그 한 줄기 희떠운 그리움 같은, 뭐 그런 거….

　　헌데 그 이뿐이 애인은 기어코 오지 않았어유. 그토록 간 절히 소망했건만….
이 영감 미쳤군. 관에다 한 발짝 들여놓은 처지에 무신 첫눈 타령 이고? 그렇게 내게 면박을 주긴 했지만 눈웃음엔 화사한 꽃이 피 어 있었는데…. 그날 지는 분명히 그걸 보았쥬. 천지간에 그런 순 정의 고운 눈망울 기어코 보고야 말았어유.

　　지가 이 조그만 임대아파트에 들어와 여직 이곳을 떠나 지 못하는 이유가 바로 그 이뿐이 애인 때문이구먼유. 뿔뿔이 흩 어진 자식들… 지 한몸 먹고살기조차 힘든 판에 그래도 이따금 씩 멀리 갔던 새들이 저녁이면 제 둥지를 향하여 가녀린 날개를 저어 날아들듯이, 지를 찾아와선, 세파에 지친 날개를 다소곳이

이 빈 마음 안에 들어와서

접고 앉아 이렇게 소곤거리곤 하쥬. 아버지 이제 저희들과 같이 가세요. 아버지 방 마련해 놨어요. 잘 모실 게요. 이젠 먹고 살만 해요. 그러면 내 이러쥬. 괜찮여 괜찮여. 난 혼자서도 견딜 만혀. 니들은 내 걱정일랑 아예 말어. 이 대화가 아비와 자식 간에 건 널 수 없는 강을 건너는 네아리가 되어 서로의 찬가슴을 뎁히곤 하는구먼유. 산다는 게 눈치 하나로 서로를 어루만지고 미안해 하고 괜찮다 괜찮다 더 괜찮나 하고 빈 손짓으로 배웅하면 또 그 리움이 쓰나미처럼 밀려오곤 하는 거구먼유.

　　지가 비록 개똥철학관을 열긴 했지만 실상 안다는 게 아 무것도 읎어유.
이 가슴엔 오직 흰 구름조각 하나. 그놈이 지 영혼이구 지 소망이 지유. 대자연의 숨결이 모여 구름 되구 그 구름 흘러다니다 어느 날 하늘 끝에서 가뭇없이 소멸하면 무가 되듯이 지나 지 자식들 이나 지 곁의 이웃이나 지가 사랑해마지 않는 이뿐이나 그 누구 나 다 무가 되는 거구먼유. 허무혀유.

　　하지만 지에겐 사랑이 있어유. 삶이 팍팍하고 고단하더라 두 희미한 사랑 하나 이 가슴엔 외등처럼 고요히 흔들리고 있구 먼유. 그 외등 비치는 테두리에 눈이 내리면 얼마 남지 않은 이 생애가 한없이 풋풋하고 한없이 그리워져유. 사램은 그리움 하나

로도 전 생애를 버틸 수 있다던데 그게 그닥 희떠운 소린 아닌 것 같구면유.

오지 않는 애인을 기다리며 빈 공원 단풍나무 아래서 하염없이 서 있는 노인 하나. 소슬한 화석처럼 눈사람이 될지라도 지는 마냥 행복하구면유. 지금 사랑하는 이뿐인 무얼 하고 있을까. 어디 아픈 건 아닐까. 고열에 시달리며 헛소리로 나를 부르고 있는 건 아닐까. 애타게 목마름으로 나의 이름을 부르고 있는 건 아닐까. 눈은 자꾸만 내려, 붉디붉은 이파리 다 떨궈낸 뒤의 단풍나무 가지를 덮고, 우리가 앉았던 가을벤치를 덮고, 공원의 작은 길을 덮고, 내 육십 평생의 인생을 덮고, 저쪽 희미한 외등을 덮고, 먼 그리움을 덮고, 갈색으로 말라 버린 바삭한 외로움을 덮네유. 하얗게 하얗게 덮네유. 산다는 게 이토록 그리움뿐인 것을. 산다는 게 이렇게 늘 기다림뿐인 것을.

　　밤이 깊어감에도 지는 우산도 펴지 않은 채 홀로 서 있었구면유. 우산을 옆구리에 끼고 이뿐이가 올 그 눈길을 하염없이 바라보고 있었구면유. 강아지 한 마리 얼씬도 않는 그 하얀 눈길은 속절없이 순정하건만.

그리하여 단풍잎 같은 편지 한 장 호주머니에서 꺼내어 눈을 맞췄쥬. 편지는 눈에 젖어가고 편지는 내 고백의 글자들을 지우면서 한 시인의 시를 다시 썼어유.

차마 입술을 떠나지 못한 이름 하나 눈물겨워서

술에 취하면 나는 다시 우체국 불빛이 그리워지고

거기 서럽지 않은 등불에 기대어

엽서 한 장 사소하게 쓰고 싶으다

내게로 왔던 모든 이별들 위에

깨끗한 안부 한 잎 부쳐주고 싶으다

- 류근 〈그리운 우체국〉 일부

　　이토록 절절히 그립고 아름다운 시가 또 어디 있을라구
유. 지는 우체국을 향해 난 길을 걸었어유. 불 꺼진 우체국 앞에
놓여 있을 빨간 우체통. 그 사랑의 전령에게 지는 가야 했어유. 정
말 가지 않으면 안 되었어유. 한 발 한 발 지가 걷는 그 길이 가슴
에 화인火印처럼 박혀, 지는 그만 세상을 잃어버렸구먼유. 이따금
씩 뒤돌아보니 발자국 자국마다 그것이 이쁜이의 외씨버선 발자
국인 것만 같아 한참이나 머물러 있곤 했어유. 이 젖은 편지 한
장에 별처럼 박힌 시. 지금 저 변방 어딘가에서 헤매고 있을 이쁜
이. 그 이쁜이의 꿈속에서 그리움의 시어들이 신열처럼 눈이 되
어 내릴 때, 지는 비록 세상을 잃어버릴지라도 그 순결한 눈처럼,
아름다이, 외로이, 이쁜이의 따스한 가슴에 순정한 꽃이 되어 소
멸할 수 있겠구먼유.

이　빈　마음　안에　들어와서

## 시치미 떼는 부처

나, 절에 갑니다. 아니 겸손하게 저, 절로 갑니다. 이걸 이어보면, 저절로 갑니다. 그래서 나는 저절로 절에 갑니다.

절에 가면 저절로 지어지는 미소를 만날 수 있습니다. 미소는 소리 없이 웃는 웃음입니다. 절에 가면 부처가 연꽃처럼 빙긋이 웃고 있습니다. 장미는 환한 웃음이지만 연꽃은 고요한 미소입니다.

장미는 태양의 꽃이어서 색채가 강렬합니다. 그리고 농염합니다. 그에 비해 연꽃은 진흙 속에 피는 꽃이어서 색채가 은은하고 순수합니다. 장미는 발산하는 꽃이어서 활짝 웃지만, 연꽃은 안으로 깊어지는 꽃이어서 보일 듯 말 듯 미소를 지을 뿐입니다.

우리는 얼마나 많이 장미를 찬미하면서 그 아름다움에 넋을 놓았던가요. 우리는 얼마나 많이 연꽃을 기리면서 손 모아 마음을 다스

렸던가요. 장미는 뜨거운 포옹이 있으나 연꽃은 손 모아 드리는 기도가 있습니다. 거기 연꽃 위에 오롯이 부처가 앉아 있기에.

오늘도 석굴암 부처는 감을 듯 말듯 미소가 감돕니다. 천 년을 그렇게 해왔습니다. 침묵으로 천 년을, 천 년의 천 년, 동해의 해뜸을 맞이했습니다. 이제 또 얼마의 시간을 부처는 그렇게 미소로서 동해를 바라볼까요.


나는 저절로 갑니다. 저어기 절로 갑니다. 구름처럼 가는 스님에게 어디 가시오 물으니, 그 스님, 손가락 하나 들어 저어기 구름을 가리켰다지요? 날이 저물어, 지나는 길손이 빨래하는 아낙에게 길을 물으니, 그 아낙, 빨래방망이로 개울 건너 저어기 절을 가리켰다지요?

사람이 절에 가는 뜻은 부처를 만나기 위해서지요. 절에는 연꽃 위에 앉은 부처가 있고, 천 년을 비워낸 마음이 있습니다. 그 빈 마음에 천 년을 바람이 고이다 가고, 바람은 다시 와서 고이다 갑니다. 어디로 가는 건지 아는 이 하나도 없습니다.

절에 가면 바람이 어디로 가는지 알 수 있을까요? 그러면 부처는 침묵으로 말해줄까요? 여기 이 마음에 머물다 간 바람, 천 년 후면 돌아올 테니, 어디 갔다 왔느냐고 물으면 알겠구나, 라고요.

천 년을 어찌 견디라고.

무심히 그냥 세월을 보내면 되지.

이 빈 마음 안에 들어 와서

따분하고 지루하고 졸리고….

졸리면 그냥 자거라. 내 이 빈 마음 안에 들어와서.

석굴암 절에 가면 무심한 부처가 있습니다. 그도 졸린 듯 눈을 가늘게 뜬 채로 천 년을 기다리는 걸까요? 천 년, 천 년, 천 년을 곱하여 거기 그렇게 졸린 듯 앉아 동해를 바라보고 있는 걸까요?

영묘사 빈 터에 가면 아직도 수막새 여인, 웃고 있을까요? 깨어져도 그 여인 천 년의 미소를 간직하고 있을까요?

천 년을 기다리다 그냥 웃음꽃이 되어 수막새 기왓장에 피었을까요? 그 처마 끝에 걸린 풍경, 천 년을 댕그랑거리면서 여인은 은근한 바람결에 미소를 빚었을까요? 그 풍경 댕그랑거림이 달이 되어 웃었을까요? 깨어진 반쪽 달로 웃었을까요?

천 년이 지나고 또 천 년이 그렇게 지나다보면, 그렇게 시나브로 흐르다보면, 어느 세상에선 그 기왓장 부풀어, 둥그런 달로 웃게 될까요?

천 년 신라의 꽃은 미소라고, 천 년 신라의 바람은 향기라고, 천 년 신라의 절은 그리움이라고, 천 년 신라의 바람은 간절함이라고, 그 모두의 만남과 헤어짐이 둥글게 하나로 피는 거라고, 한 잎 한 잎 연꽃의 그리움처럼 지는 거라고, 부처는 말하는 듯 마는 듯 그냥 미소만 머금고 있네요.


　　　어디 부처가 따로 있다든?
네 입으로도 연꽃이 피고, 네 귀로도 연꽃이 피었다 지는구나.
석굴암에 가면 졸린 부처 한 분이 앉아 있습니다.
하루 종일 사람들이 구름처럼 지나가고 나면, 그도 외로운지, 누가 말을 걸라치면 잘도 대꾸해주는군요.
경주박물관에 가면 애기 부처가 있는데요. 남산 삼화령에서 왔다 하여 별명이 삼화령 애기부처랍니다. 하도 예쁘고 하도 귀여워, 사람들이 손으로 발등을 만지작만지작 하여 손때가 까맣게 묻었다네요. 씻을까요? 놔둘까요?
벌써 그 발등에서도 연꽃이 피는구나.
그 애기부처, 콧날이 깨어져 들창코가 되었어요.
깨어짐으로 불성을 이루는 거지.


　　　석굴암에 가면, 사람들 구름처럼 몰려들어 들락날락거리지만, 정말 외로워 죽겠는 부처 하나 앉아 있습니다.
어느 날 밤, 얼굴이 발그레한 한 여인이 찾아옵니다. 손에는 술병이 들려 있었지요. 초저녁 상현달이 바다 위, 빈 배 같군요.
여인은 참 알맞게 취했습니다. 그 여인, 천 년 이상을 이 신라 경주에서 살아온 토용土俑이랍니다.

이　빈　마음　안에　들어와서

부처는 듣는지 마는지 무심히 눈길을 바다로 두어, 반달 고요히 떠 있는 하늘만 바라봅니다. 여인도 반달을 쳐다보는군요. 저어라 여인이여. 여인은 깊은 마음 하나로 그 소리를 듣습니다.

잘도 꾸며대는구나.

부처는 미소를 머금은 채 묵묵부답이나, 그 소리를 듣는 건 솔바람 때문이지요. 부처는 한 번도 입을 열지 않으나, 소나무가 먼저 알아들어 바람에 전해주기 때문이지요.

채플린을 아세요, 부처님?

모른다.

이 세상에서 가장 슬픈 사람이, 이 세상에서 가장 슬픈 이야기로, 이 세상에서 가장 슬픈 웃음을 웃게 하는 피에로지요.

모르겠구나.

채플린은 슬픔 속에서도 웃음꽃을 피워내는 재주를 가지고 있답니다. 그게 연꽃일까요?


정말 모르겠는걸.

어떤 물음에도 모른다 하면 그게 무슨 부처. 부처는 부처다워야지. 억울하면 가슴을 풀어주고, 아프면 낫게 하고, 괴로우면 즐겁게 해줘야 그게 부처지.

부처가 따로 무슨 자격증이 있다더냐? 네 스스로 부처인 양 말하지 않느냐? 하찮은 미물에게도 불성이 있음을 어찌 모르느냐? 그러니 부처란 따로 없다.

시치미 떼는 부처를 어찌할 수 없어 달을 쳐다봅니다. 어라, 근데 달은 어디 갔지? 하늘과 바다는 비어 있습니다.

다시 부처를 향해 돌아보며 묻습니다.

달이 없네요, 그 여인이 저어 갔나 보네요.

그런데, 아, 거기 부처 있는 자리에도 부처가 없었습니다.

부처는 어디로 갔는지, 그냥 연화대 연꽃만이 발그레하고 은은하게 향기로웠습니다.

이 빈 마음 안에 들어와서

# 디오게네스는 개였다

안개가 짙어진다.

외로운 자만이 더욱 외로워지는 겨울의 문턱에서 우리는 갈 곳을 몰라 서성인다. 그럴 때면 으레 찾는 곳이 한 군데 있게 마련이다. 간판도 없고, 다만 졸리운 듯한 할멈과 몇 사람의 술꾼들이 모여 술을 마시는 약사동 골목 주점엔 이야기를 파는 한 사내가 있음을 우린 발견한다.

그는 사십대의 머저리 같은 모습으로 언제나 엉터리 동화를 팔아먹는다. 한 잔의 술이 그에게는 고마운 것이다. 그의 곁에는 털이 빠지고 눈곱이 낀 까만 개 한 마리가 엎드려 있다. 그 개가 그의 친구이다. 손님들이 던져준 먹다만 닭갈비를 앞에 놓고 게슴츠레 눈을 내리깔고 있다. 그런 검둥개를 그는 유일하게 사랑한다. 그는 그 개를 철학자 디오게네스라 부른다. 그는 발레리의 상징을 이야기하고, 아가사 크리스티의 살인사건을 분석 비판하며, 고리끼의 밑바닥을 눈물겨워 한다.

그는 가끔씩 한두 편의 시를 즉흥적으로 지어 우리에게 바친다. 그의 시는 주로 철학자 개에 관한 것이 대부분이다. 이놈은 결코 짖는 법이 없지요. 그러면서 그는 개새끼처럼 짖어대기 시작한다.


개가 웁니다

개가 킬킬거립니다

개는 자살로 생을 마감하고 싶어합니다

그래서 골목 구멍에 놓여진 쥐약을 먹었습니다

그러나 개는 죽지 않았습니다

쥐약이 가짜이기 때문입니다

아 그리하여 개는 자살하지 못했습니다

개는 역시 개새끼입니다

컹!


그러면 우린 한바탕 웃다가 우울해진다. 그렇다. 개는 역시 개새끼이고, 우리는 역시 사람의, 무엇인 것이다.

잠시 우리는 아무 말 없이 술잔을 비운다. 누군가 밖에서 이쪽을 기웃거리는 것만 같다. 우리는 긴장하면서 서로를 향해 날카롭게 비수를 품는다. 나는 아무 죄가 없다. 그런데 너는? 아스라한 적의가 서로를 의미 없이 탐색한다.

그때부터 이 사내의 이야기는 안개에 감싸여 이 도시를 함몰시키는 것이다.


　　선생.

이 검둥개의 이름은 디오입니다. 참으로 우스꽝스런 사건으로 말미암아 나는 이 개를 '디오'라고 이름 붙여주었습니다.

말복이 가까운 여름날 오후였습니다. 그날도 나는 어김없이 몇 잔의 술로 비틀거리고 있었습니다.

여름의 태양은 너무나 잔인했습니다. 강렬한 태양이 도시 한복판에 솟아올라 거대한 화염을 내뿜고 있었습니다. 건물의 유리창들이 눈부시게 번쩍이면서 도시의 그늘들을 지워가고 있었습니다. 나는 그 햇빛으로 하여 학살당하고 있는 느낌이었습니다. 도시는 축 늘어진 시체나 다름없었으니까요. 가로수도 거리의 플래카드도 축 늘어져 죽어 있었습니다.


　　나는 무작정 걸었습니다. 거리는 텅 비어 있었습니다. 나는 땀에 흠뻑 젖은 채 어딘지도 모를 나의 길을 걸어가고 있었습니다.

이 빈 마음 안에 들어와서

까뮈의 〈이방인〉에 나오는 주인공 뫼르소는 강렬한 태양빛 때문에 푸른 해변에서 살인을 저질렀습니다. 그가 쏜 것은 알제리인이 아니라 태양이었다고 했습니다. 내게도 권총 한 자루가 있다면 이 밝은 고요를 한 번 쏴보고도 싶었습니다. 탕! 하는 울림이 축 늘어진 도시를 깨울 수 있으리라는 희망을 산식하면서요.

나는 지난 겨울을 잊지 못힙니다. 하얗게 눈이 내린 닐, 한국은행 춘천지점 뒷골목에 가면 아무도 간섭하지 않는 빈터가 있습니다. 그곳은 이 도시에서 가장 햇볕이 잘 드는 곳이었습니다. 나는 진종일 그곳에서 햇볕을 쬐며 겨울을 보냈습니다.
몸은 비록 가난할망정, 결코 부끄러움이 없는 생을 살 수 있음에 나는 만족합니다. 그리스의 철학가 디오게네스는, 행복이란 인간의 자연스런 욕구를 가장 쉬운 방법으로 만족시키는 것이라고 했습니다. 그것은 부끄러울 것도 보기 흉할 것도 없는 것이라 했습니다.

선생께서도 알고 계시지요?
정복자 알렉산더 대왕이 디오게네스를 찾아와, 소원이 뭐냐고 물은 사실을. 그때 디오게네스는 이렇게 말했다지요.
대왕이시여. 제발 제게서 햇빛을 가리지 말아 주십시오. 그게 소원입니다.

알렉산더 대왕은 그 부탁을 듣고 이렇게 탄식했다고 하지 않습니까?

아, 내가 대왕이 아니었더라면 저 디오게네스가 되기를 바랐을 것이다, 라고요.

나는 그날, 겨울의 디오게네스를 생각하며 걸었습니다. 나는 어느덧 도시 변두리까지 걸어왔다는 것을 깨달았습니다.

그런데, 나는 내 앞에서 한 건장한 남자가 비쩍 마른 검둥개 한 마리를 오토바이 뒤쪽 철망우리에서 끄집어내는 것을 목격했습니다. 좁은 철망우리엔 일곱 마리의 개들이 촘촘히 구겨져선 혀를 빼물고 죽은 듯이 늘어져 있었습니다. 바로 그 부근이 개도살장었나 봅니다.


　　얼마 후면 개들은 강한 둔기에 의해 살해된 다음, 가스불에 그을려 수조水槽 속에 처박힐 것이 틀림없었습니다. 수조 속에 잠긴, 눈 부릅뜬 개새끼들의 눈동자를 보신 적이 있으신지요.

나는 자신도 모르게 어떤 강한 전류에 감전된 듯한 느낌을 받았습니다. 나의 내부엔 잔인한 고문의 흔적이 오래도록 남아 분노하고 있었습니다.


　　개들이 철망우리에서 하나둘씩 끌려나왔습니다. 물론 목에는 튼튼한 개줄이 매어져 있었지요. 개들은 너무나 지쳐 있었으므로 감히 도망칠 엄두도 못내는 것 같았습니다. 사나이의 왼 팔뚝에 감긴 개줄은 너무나 완강해 보여서 반항조차 할 수 없는 위압감이 느껴졌습니다. 사내의 긴 그림자는 개들의 비참한 몰골 위에 어른거렸고 그것이 마치 죽음의 그림자가 드리운 듯이 여겨졌습니다.

그런데 참 이상한 일도 다 있지요.
그 일곱 마리의 개들 중에서 유난히 비쩍 마르고 털이 듬성듬성 빠진 검둥개 한 마리가 내 쪽을 향하여 컹컹 짖어댔던 것입니다. 그 소리는 개 도살자인 사내조차도 감지하지 못한 아주 작은 부르짖음이었습니다. 개의 슬픈 영혼이 잠든 내 영혼을 일깨운 순간, 나는 디오게네스 디오게네스 하고 소리치고 있는 나 자신을 발견했습니다.

그러자 그 비쩍 마른 검둥개는 사내의 손아귀에 감긴 개줄을 거칠게 낚아채면서 내 쪽을 향하여 달려왔습니다. 그것은 참으로 눈 깜짝할 사이에 벌어진 일입니다.

검둥개는 경중경중 뛰어오르면서 꼬리를 힘차게 흔들더군요. 잃어버린 주인을 만나기라도 한 듯 검둥개는 나의 바짓가랑이를 물어뜯고 내 팔뚝을 핥았습니다.

사실 나는 개를 별로 좋아하지 않는 편이었습니다. 어릴 적부터 개와 가까이하기만 하여도 두드러기가 돋곤 했으니까요. 한데 그게 아니었어요. 마치 이 빌어먹을 개새끼가 내 분신처럼 느껴진 건 웬일일까요. 괜스레 눈물이 질금거려서 하마터면 엉엉 울 뻔했지 뭡니까.

사내는 천천히 내게로 다가와 검둥개 목줄을 세차게 낚아채면서 투덜거렸습니다.

넌 제 일착으로 그슬려야겠구나.

사내의 전혀 감정 없는 말투가 유리조각처럼 내 영혼 속에 깊이 박혀 왔습니다.

나는 사내의 팔을 엉겁결에 잡으면서 말했습니다.

여보쇼! 이 개는 내 개요!


　　선생.

그 당시 나는 어떤 확신에 찬 그 무엇을 가지고 있었던 것이 분명합니다. 딱히 무어라고 말할 수는 없지만, 심연 밑바닥에서부터 솟아오르는 뜨거운 무엇이 있었습니다.

나는 또박또박한 말씨로 이렇게 자신 있게 말했습니다. 이 개의 이름은 디오게네스요.

사내는 흠칫 놀라는 표정을 짓더니 이내 도살자가 지닌 특유의 냉소를 내게 띄우며 말했습니다.

229

이 똥개가 당신 개라는 증거라도 있소?

증거? 그렇지요. 인간들이란 증명되지 않은 것은 도대체가 믿지를 않는 고약한 습성에 길들여진 동물이니까요. 그러므로 나는 이 똥개가 내가 기르던 소유물임을 그에게 증명해줄 필요가 있었습니다.

그러나 처음 보는 이 개가 내 것임을 증명하기에는 무척이나 난감한 문제였습니다. 이 세상에 비슷비슷한 검둥이 개가 얼마나 많겠습니까? 그리고 나는 이 개를 전혀 본 적도 없었습니다.


나는 아무 생각도 나지 않았습니다. 나의 뇌 속은 텅 비어서 한 점 티끌도 존재하지 않았습니다. 그때 나는 검둥개의 소리를 들은 듯하였고, 동시에 나는 검둥개의 눈과 마주쳤습니다. 잠깐 동안의 마주침이 영원토록 이어질 것만 같았습니다. 그러자 고독한 영혼의 흔들림이 내게로 전해져 왔습니다. 나는 뚜렷이 개의 모든 것을 감지할 수 있었습니다.

나는 자신 있게 말했습니다

증거라구요? 이놈은 분명히 디오게네스입니다. 이놈은 왼쪽 앞발톱 두 개가 빠져 있지요. 그리고 동네 누렁이와 흘레를 붙다가 웬 늙은이의 몽둥이세례를 받아 오른쪽 뒷발목이 튕겨져서 절름발이가 되었지요. 특히 앞가슴에 커다란 점이 있는데, 그 점에서 하얀 털 일곱 가닥이 나와 있어요. 나는 매일 그 하얀 털을 빗

질해주곤 했답니다. 그것이 내 유일한 낙이기도 했지요.

또 한 가지. 드문 얘기지만 당신은 그 광경을 목격하셨는지 모르겠군요. 이 개가 꼼짝없이 하늘을 처다볼 때는 참으로 신기한 일이 벌어진답니다. 어디선가 수많은 까마귀떼들이 날아와서는 이 디오게네스의 머리 위를 끊임없이 맴돌곤 하지요. 그럴 때는 꼬리를 분명히 좌우로 흔드는 버릇이 있습니다.

내 입에서는 내가 상상할 수조차 없었던 거짓말이 술술 이어져 나왔습니다. 그러자 이 사내는 깜짝 놀라는 표정을 짓더니 내 말에 고개를 끄덕였습니다.


그래. 오늘 아침 난데없이 까마귀떼가 날아와서는 이 철망우리 주위를 빙빙 도는 걸 보기는 했었지. 퉤퉤 침을 뱉으면서도 별 느낌은 받진 못했었는데…. 재수 없다는 생각은 했지. 참 별난 개새끼도 다 있구나. 떠돌이 개가 돌아다닌다는 신고가 있기에 잡아왔더니 미친 개로군 그래. 가져가쇼. 워낙 말라놔서 고기값도 못할 게고.

사내는 선선히 개 목줄을 놓아주고는 가 버렸습니다. 그리하여 나는 이 검둥개를 디오게네스라 부르게 되었고, 약칭으로 '디오'라는 이름을 가진 검둥개의 주인이 되었던 겁니다.

선생.

선생께서는 내 말을 우스갯소리로 들으셔도 좋습니다. 다만 이런 일이 이 세상 어딘가에서든 일어날 수 있다는 사실만은 믿어 주시기 바랍니다.

디오게네스! 분명히 저는 그가 이 검둥개로 환생했을 거라는 믿음을 점점 굳혀 가고 있습니다. 나는 이 '디오'가 생각하는 모든 것을 알 수 있습니다. 히늘의 세들을 부르고, 명상에 깊이 짐기며, 가끔씩 시를 짓는 이 디오의 행동을 선생께서는 어찌 생각하시는지요?


　　언젠가는 모든 것을 이야기할 날이 있을 겁니다.

이 검둥개 디오의 철학과 시와 영혼의 소리를 말입니다.

선생께서 순수한 마음의 문을 여는 날,

나는 선생을 위해 참된 삶의 비밀을 보여드리겠습니다.

## 바다엽신

친구.

여기는 완도. 늘 바람이 불고 비가 내리는 작은 섬. 주점 밖 어두운 등불이 비에 씻겨 바다로 흐르는 곳. 어서 오게. 탁자엔 나 혼자뿐일세. 붕장어회 몇 점이 아직도 싱싱하이. 방금 서점에서 자네의 수필집 한 권을 샀지. 그곳엔 자네의 편지 한 통이 적혀 있더군.

그 원한에 사무치던 우리들의 유배시절. 나와 함께 사흘을 굶고 도둑질 대신 물배를 채우며 시를 쓰던 나의 친구여. 지금은 또 무슨 죄의 명목으로 이 나라의 끝부분 전라남도 완도군 완도읍 어딘가에까지 유배당해 갔느냐. 거기서도 학처럼 깨끗한 날개를 접고 앉아 시를 쓰며 사_냐.

그러나 친구.
이곳에선 시를 쓸 필요가 없네. 왜냐구? 나도 모르네. 그냥 쓸 이유가 없는 거지. 몇 잔의 술이 내게는 필요할 뿐이니까. 외롭다는 것은 얼마나 자유로운 일인가. 우리의 가여운 육체는 얼마나 쓸모없는 것이며 시란 또 얼마나 허망한 것인가. 비가 오는 저 바다. 노화도와 청산도에서 밤새도록 전해져 오는 불빛 몇 점만이 우리의 것이네. 나는 자네에게 이런 노래를 주고 싶네.

세노야 세노야 산과 바다에 우리가 살고
산과 바다에 우리가 가네
세노야 세노야 기쁜 일이면 저 산에 주고
슬픈 일이면 님에게 주네

친구.

여기는 바다가 아니다. 감옥이다. 가득한 비애뿐이다.

바람이 분다, 살아봐야겠다, 라고 발레리는 말했다지.

발칙한 놈.

바람이 불면 난 연분홍 치마를 입겠다. 그래서, 연분홍 치마자락으로 흩날리고 싶다.

::::::::

오늘은 비가 오지 않는다. 서서히 물이 빠지고 있다. 폐선 두 척이 개흙 속에 고꾸라져 있다. 형편없이 망가진 가슴뼈다.

::::::::

너 어디로 갈래? 날아볼래?

결국은 그렇게 되고야 마는 것을 괜스레 안간힘만 쓴 거 아니야?

되도록 많이 먹어둘 것. 갈매기 구워 먹으며 무인도에서 잠든 날.

::::::::

아득히 부르면 추억이다. 멱살 잡힌 바다를 넌 본 적 있니? 창날 꽂힌 고래의 맑은 피가 그리울 때면 언제든 와. 무척이나 외로워서 눈물겨울 땐 죽음처럼 와도 좋아. 이곳엔 향기로

운 목관木棺이 필요 없지. 저 푸른 바다물결이 우리들의 잠자리
이니까.

::::::::

어제는 몰랐던 하나의 섬이
오늘 갑자기 떠올라서
그리운 이들의 꿈이 되었네
사나흘 빈 배
사랑하는 님 어디로 불려가서
또 다른 섬이 되는지
오늘도 보일 듯하네
아아 고래 우는 어느 섬

::::::::

배를 탐. 떠나려 함. 어딘지도 모름. 뱃전에서 날치를 보았
음. 바다의 수학선생 날치, 날치들이 2차함수 그래프를 그리며
너의 좌표는 어디냐고 질문하는 듯함. 곧 비가 올 듯함. 잔뜩 흐
린 날씨임. 항해는 순조로움. 뱃고동이 울렸음. 얼마 안 있으면 낯
선 섬에 다다를 듯함.

::::::::

친구야. 난 간다. 잘 있어. 굿바이.


::::::::

가야 할 때가 언제인가를 분명히 알고 가는 이의 뒷모습은 얼마나 아름다운가.
이형기 시인의 〈낙화〉. 우린 언제나 가야 할 데가 있는 법이지. 죽으러 가는 것이 아니다.
영원히 살기 위해 가는 것이다. 잠든 영혼을 퍼뜩 일깨우는 바다 한가운데서 나는 간절히 기도하노니, 살고 싶은 자 살게 하시고 죽고 싶은 자 어서 뜻대로 하게 하옵소서.
내가 죽고 없어지거든 친구여, 이렇게 마음속으로 비문을 새겨 다오.
개자식!

::::::

결국 나는 아무 짓도 할 수가 없었어. 몇 십 킬로그램의 마른 육체를 물고기 밥이 되게 할 수는 없었어.

내 유일의 명제!
삶이란 언제든 끝과 맞닿아 있다!
이렇게 간단히 죽음이 정의를 명쾌히게 내릴 수 있었는데 말이야. 갑자기 죽음이 두려워서였냐구? 억울해서였냐구? 바다빛깔이 마음에 들지 않아서? 음… 모르겠어. 바닷바람도 적당히 불어 내 머리칼을 어느 로맨스영화의 주연배우처럼 날려주었고, 기분도 그다지 나쁘지 않았고, 어쩌면 비감하면서도 환상적이었고, 갈매기도 어서와 어서와 알루미늄날개를 바람결에 반짝이며 흔들어주었고, 뱃고동은 향수를 뿌리듯 붕붕 울어주었고, 다가오는 저 낯선 섬풍경이 나의 무덤 같았고, 그래서 괜찮았는데…, 나는 문득 집에 라디오를 끄지 않고 온 것을 깨달았던 거야. 그 망할 놈의 라디오가 빈 방안에서 왕왕 울려대고 있을 생각을 하니 참을 수가 없었어. 바다 속에 잠겨서도 그 라디오의 시끄러운 소리가 온 바다를 휘저을 것을 생각하니 도저히 결행할 마음이 없어져 버렸어.
그리하여 나는 결국 개자식이 못 되었어. 미안해.

::::::

변명은 그리하여 언제나 정당한 것이다. 변명에 길들여진 당사자.

::::::

먹다 남은 술병이 시이다.

::::::

너 요새 뭐 하니. 연애하니?
여긴 밤이면 섬이 잠긴다. 저 깊은 심해로 가라앉는다.
불빛만 외로이 떠 있다. 그 불빛들, 개똥벌레처럼 흔들린다.
아우슈비츠감옥 같다. 나는 한 마리 누에가 되고 싶다. 내장이
없는 누에로서 남고 싶다. 하얀 누에고치의 감옥은 얼마나 아름
다우냐.

::::::

희랍인 조르바는 시만 쓴다. 엉터리 시를.
세상은 살 만한 것이다, 라는.
그래서 이따금씩 가슴이 미어진다.
비록 쓸모없는 영혼의 소모품일망정 그게 바다의 거품이 된다
면, 그건 제법 쓸모 있는 무엇이라고 말할 수 있지 않을까. 확신이
지만, 어쩐지 애매모호한 느낌을 지울 수 없다. 사실 이건, 내가

이 빈 마음 안에 들어와서

한 말이다. 역시 자가당착의 명언이다.

::::::

바다는 쓸모없는 소모품을 모아두는 창고인가. 언제나 틈만 나면 살아 있는 것들을 눈여겨 훔쳐보면서 저들이 어서 빨리 폐품으로 남기를 바라는 것일까.

오늘 생낙지를 먹다 목구녕이 막혀 죽은 술꾼의 이야기를 낄낄거리며 듣는다. 낙지의 빨판에 숨통이 막힌 그에게 나는 이렇게 명복을 빌어주었다.

삶이란 그런 것이다. 아멘.

방금 입에 넣은 생낙지를 아주 오래오래 씹었다. 고소한 낙지의 미끈거리는 살이 불편하다. 내 이빨에 분해되는 것은 낙지였으나 낙지는 내 목구멍에 부착할 최후의 빨판을 깊숙이 감추고 있을지도 모른다. 나는 잔뜩 긴장하여 이름 모를 술꾼 친구(?)에게 보냈던 행복한 명복의 메시지를 뻔뻔스레 거두어들이고 말았다.

::::::::

안개. 시계視界제로. 누구나 행방불명.
수화기를 드니, 삐삐하면서 이런 말이 들렸다. 바다가 안개를 품
고 어디론가 흘러가고 있었다. 안개가 바다를 감싸안으면서 자
장가를 불러주었다. 나는 바다와 안개를 분리할 수 없었다. 나는
그래서 행방불명되었다. 나는 수배된 자였다.


::::::::

광어 한 마리 펄떡인다. 상어지느러미는 튼튼하다. 놀랜 놀
래미는 가슴을 두근거린다. 붕장어는 완도수산고교 부근 샛강
하류에 바글거린다. 바다와 샛강이 혼례를 치른 그 갈대숲 하류
엔 수컷의 뿌연 정액이 언제나 흘러넘친다. 달빛마저 우윳빛으로
반짝인다. 빨간 동백나무 숲 해안에 작은 바닷새 한 마리 혼자서
운다. 큰 눈의 짱뚱어가 황급히 갯벌 속으로 숨는다. 나도 망각의
이불을 덮고 숨어 버린다. 바다는 그래서 마침내 제거되었다.


::::::::

바다에다 몰래 주사를 놓는다. 상처받은 바다를 위하여
혈액주사를 놓는다. 바다가 푸르다는 것이 못내 서럽다. 바다 속
에다 나는 빨간 피를 놓는다. 바다의 심장이 펄떡펄떡 뛴다. 바다
의 혈관이 따뜻해진다. 드디어 바다는 거대한 짐승의 털을 가진

다. 야만의 바다여. 하얀 속치마를 벗고 네게로 가마. 그리하여
하나의 생명을 잉태하는 그날.

::::::

묵은 편지를 뒤적이다 드디어 만나는 그리운 목소리.

돈신아.
아직도 한참 외롭게 살고 있느냐. 아직도 겨울이면 돌아누
워 벽을 보고 우느냐. 춘천에 홀로 떨어져 소문으로만 살
던 나는, 이제 방을 하나 얻어서 새로 글을 써보기로 했어.
우리들의 지난 겨울들…
망할 놈의 가난들.
배고픔.
배고플 때 길바닥에 깔리던 식은 햇빛.
암담한 석사동.
방세, 등록금, 신춘문예, 술과 감기와 새우잠들.
그런 것들이 정말 모두 끝났다는 것일까.
아닐 거야. 고갱은 마흔이 넘어서 생활을 떠나 타히티의
박살난 햇빛과 검둥년들의 살 속으로 떠났다.
이제 겨우 서른. 우리도 출발하기에 너무 늦은 나이는
결코 아니지.

그리고 3년이 지났다. 그렇게 흔하던 사랑의 결별로 흩어져서 가을 빗소리처럼 그대를 잃어버렸었다. 가슴속에 불씨 하나씩을 꼭꼭 묻어둔 채 겨울을 위하여 우리는 가을을 떠났었다. 유리물컵 위에 얹어놓은 양파의 뿌리가 하얗게 내리고 초록 줄기가 팔뚝만하게 자랄 즈음이면 우리는 돌아와 눈물겨운 이야기나 벙어리처럼 나누기로 했었다. 그렇게 3년. 지금 색 바랜 누런 봉투에서 너의 야윈 얼굴과 그렁그렁한 눈물을 본다.
완도의 바다가 어두워지고 동백나무 숲에서 우는 동박새가 날개를 접을 무렵, 나는 네 편지를 찢는다. 이제야 마음속으로 네 목소리를 간직할 수 있을 것만 같다.

::::::::

남편을 먹은 바다에서 미역을 따는 해녀는 오늘 월경날이다. 아아 무릎 아래에 버려진 화냥끼의 사랑 빛깔. 그 붉은 빛깔. 미친 듯이 달려와 게거품을 흘리는 죽은 남편의 하이얀 비애.

::::::::

어제 명자 자살.

이 빈 마음 안에 들어와서

　　사방에 대나무 울타리로 되어 있는 나의 영역은 마루 끝에서 일여덟 발자국이나 될까. 울타리 밑에 심어놓은 줄봉숭아가 너무 붉어 괜히 하늘을 쳐다보았다. 하늘은 무심토록 맑았는데 구름 몇 송이 남쪽으로 흘러가고 있었다.

이 나라의 역적이 되어 가족과 뿔뿔이 흩어지고, 보고 싶은 아들과 딸은 그 모습조차 희미하구나. 이렇게 더 몇 날을, 아니 더 몇 해를 보내야 자유의 몸이 될 것인가.

이름 모를 늙은 어부가 오늘 아침에도 신선한 비늘의 물고기 두 마리를 울타리에 꽂아놓고 갔다. 그 고마운 물고기 몇 점 살을 씹으며 울타리 청대 사이로 비치는 남빛 바다를 무심히 바라보았다.

친구.

어느 먼 옛날, 유배지에서 쓴 이름 모를 귀양인의 일기쯤으로 생각해 두게. 여기는 보길도. 허름한 일박 여인숙.

　　바다가 초록빛으로 물들어 갈 즈음이면 여인들은 옷을 벗는다. 가녀린 풀잎의 순정이 되어 옷을 벗는다. 어둡도록 동백꽃은 몸을 사르고 인생은 또한 한 마리 게일지니.

나는 차라리 고요한 바다 밑바닥을 어기적거리는
한 쌍의 엉성한 게다리나 되었을 것을

T. S. 엘리엇은 말했었지. 그래, 무역풍이 불면 떠나는 거다. 웃음
파는 들병이가 되어 천박한 유행가조나 읊조리면서 이 섬 저 섬
으로 떠나보는 거다. 그러나 어디서부터 시작해야 하나…. 막막
하다. 세상 밖에서 이승으로 들려오는 풍문이 참으로 수상하다.
오늘 흰 모래톱에 코피를 쏟았다.

　　　::::::

사랑하는 사람아.
이렇게 첫머리를 쓰고 목이 메어 울었다.

　　　::::::

　오늘도 몇 사람이 이 세상을 떠났을까. 나는 살아 있는 것
도 아니고 죽어 있는 것도 아닌 식물인간의 모습일 뿐이다. 고통
받으며 사는 삶이 진실로 값질진대, 그 고통의 잠과 깊은 뿌리는
또 무엇일까. 누가 그 잠의 뿌리를 흔드는 것일까. 당신이 무심코
던져 준 꽃 한 송이 내 안에 소리없이 밀려와 부딪히고, 제가끔
흩어져가는 생의 모퉁이에서 나는 속절없이 깨어지는데.

이  빈  마음  안  에  들  어  와  서

::::::::

　　친구여.

독한 감기다. 물조차 마실 수 없는 편도성증 바람이다. 한 줌의
소금으로 남아 썩은 이빨을 치유할 수만 있다면, 살아간다는 일
이 외롭지는 않을 거야. 발톱에 낀 모래알을 헤이며 미치광이처
럼 바다를 부르고 싶다.

::::::::

　　생이란 감옥에 갇혀 T. S. 엘리엇은 이렇게 부르짖었다.

우리의 유일한 건강은 병이다.

그는 이미 죽고 없다.

::::::::

　　로트레아몽은 눈부신 딱정벌레.

::::::::

　　무애无涯의 세상. 무아無我의 면목 없음. 무심無心의 사기. 무
색無色의 오르가즘. 무시무종無始無終의 업신여김. 무상無常이란 치
한. 무명無明의 별.

정말 면목 없습니다. 함부로 지껄였습니다.

::::::::

어젯밤엔 애들이나 오줌을 싸며 꾸는 개꿈을 꾸었어요.
구마리 전갱어 방어 다랑어 망상어 흰동가리 짱뚱어 개복치
쥐노라미 쏨뱅이
바다는 넓고 오, 아름나운 숲
천연색 필름의 물풀들이 새깃소리로 흔들리고 있었어요

－〈개꿈〉일부

　　이것은 박민수 시인의 시이다. 그는 늘 이렇게 아름다운
꿈만 꾸는 것일까. 천연색 꿈을 꾸며 그는 무엇이 되어 있었을까.
그러나 박민수 시인은 바다에서 단 한 번도 살아본 적이 없다. 그
는 다만 꿈을 꿀 뿐이다. 바다라는 불모지의 꿈을.
나도 오늘밤엔 개꿈을 꾸어야겠다.

　　역시 개꿈은 개, 같았다.
나의 피 흘리는 말라깽이 다리와 허연 이빨과 게거품과 눈알이
풀린 개의 나른함과 알 수 없는 적의敵意와 상처받은 바다의 몸살
과 어디쯤 분명히 노리고 있을 완강한 모가지와 해골과 나의 쓸
쓸한 고백만이 수도 없이 바다를 향해 외치고 있었다.

미역 '따는' 해녀, 꼭 먹고 싶다.
미역일까, 해녀일까.

진짜 나는 먹어 버렸다. 진절머리 치며 살아온 날을 먹어
버렸다. 어느 바위섬, 거기는 무인도. 갈매기의 죽은 날개가 햇빛
속에 널려 있는 섬에서 우리는 갈매기를 먹었다. 그녀는 울지 않
았다. 갈매기는 맛이 좋았다. 푸른 실연기만이 하늘로 가고, 서
로를 외면하면서 수평선 끝 돌아오는 저녁배를 아득히 바라보며
옷을 벗었다.

외로움이란 저 바다 밑바닥 그리움 같은 것이어서, 지는 태양
을 서러워하는가 보다. 그대는 한 마리 싱싱한 비린내음. 황홀
한 세계로의 떠남이어. 미역처럼 흐느적이면서 바다를 애타게
부르는 순결한 여자의 몸짓이어. 바로 그것이 우리가 만나야
할 또 다른 비애.

그대의 우윳빛 속살을 헤집으며 나는 바다를 향해 침을 뱉는
다. 나는 죽음 같은 벌레 한 마리.

::::::::

자동차 바퀴에 깔려 배가 터져 죽은 무당개구리를 보면서, 나는 얼마를 더 살아야 하나를 생각하다.

::::::::

텔레비전에 간힌 바다는 부끄러운 성性을 가진 희극배우.

::::::::

범인은 너다.
풀피리 끊어지고, 돌아누워 별이 되는 습습한 머릿결이어. 칼은 빛나건만 증오는 동굴을 울리지 않고, 아아 술처럼 눈이 내린다. 침착하라. 서서히 다가가서 낙지의 빨판에 네 입술을 대어라. 임종은 그렇게 숨 막히듯 아름다운 것을.

::::::::

나의 애인은 죽어서도 가위 바위 보를 하죠.
항상 주먹만 내밉니다.
보를 내봐. 보를 내봐.
그러나 주먹만 내밉니다. 스물일곱 나이에도 역시 주먹을 꼭 쥐고 있었습니다.
나는 억지로 억지로 손바닥을 펴보았습니다. 아, 청산가리 병을 손에 꼭 쥔 그녀의 손바닥엔 손금이 없었습니다.

:::::::

소년과 풍뎅이는 같을 수 없다. 마찬가지로 풍뎅이와 소년
도 같을 수 없다. 풍뎅이는 풍뎅이대로 소년은 소년대로, 하나밖
에 없는 마른 소똥을 가지고 서로 놀았다.
이상李箱의 〈권태〉에 나오는 소년들은 하루 종일 먹은 것 없이 똥
누기 시합을 했다. 그 중 똥이 안 나와 수치스러웠던 소년 하나가
햇빛 속에서 엉엉 울었다. 그때 풍뎅이 한 마리, 소년의 그늘 속으
로 초록빛깔이 되어 날아들었다. 소년도 느끼지 못하도록 소리
없이 날아들었다.

:::::::

날아오르는 굴뚝새는
앉을 자리를 생각하지 않는다.

돌아갈 집도 생각하지 않는다.
어둠이 오는 것은 더욱 생각하지 않는다.

아직 이 강산 어디쯤
굴뚝새가 돌아갈 집이 있는가 보다.

－박기동 〈날아오르는 굴뚝새는〉

이 빈 마음 안에 들어와서

시인이여.

단 한 편의 시를 쓰고 죽어간 이름 모를 시인인 굴뚝새여. 저녁이면 오스스 떨며 날아와 굴뚝연기가 매워 눈물 나던 시인이여. 벙어리처럼 울다가 울다가 마침내 기억상실증에 걸려 몽환에 젖던 그대여.

그러나 확인해본 바로는 박기동 시인은 아직도 살아 있었다. 매일을 집 잃은 굴뚝새가 되어 살아 있었다. 단 한 편의 시로 빛나고 있었다.

        ::::::

죄나 짓고 살아야겠다.

이 세상 죄 없음이 얼마나 죄스러운가. 죄 있음으로 부끄러워하고 죄 있음으로 하여 한층 깨끗해질 수 있다. 아담과 이브도 죄를 짓고 진정한 인간이 되지 않았는가. 죄지음으로써 부끄러움을 알지 않았는가. 죄란, 역시 하느님이 우리 인간에게 베풀어준 최상의 선물이다. 인간세계는 그래서 살아볼 맛이 있나보다. 하느님 감사합니다. 굿맨.

        ::::::

10촉짜리 백열등 아래 따라지 인생이 모여서,
오늘도 걷는다마는 정처 없는 이 발길.

무대의 막은 서서히 내리고, 배우는 갈 곳이 없다.

:::::::

달빛을 밟으며 가고 싶다. 저 바다로.
불타는 입술로 전라全裸의 바다를 애무하고 싶다,

:::::::

지구는 둥글지만 바다는 쏟아지지 않는다. 과학시간에 배운 인력引力은 원리적이지만 심정적으로 바다는 매우 위태하다.

:::::::

떠오름이란 무엇인가.
바보처럼 나는 과거의 무의미한 추억에 사로잡혀 있구나. 아무것도 나는 사랑하지 못했다. 랭보는 쓸모없는 영혼이나 팔아먹는 시에다 똥이나 먹이고 미친 듯 바다로 떠났었다. 권태의 시간이나 자맥질하다가 운명의 나무그늘에 앉아 오수午睡를 즐기는 인간들을 경멸했던 랭보. 그는 검은 화물선에 몸을 실었었다. 랭보가 사랑한 것은 무엇이었을까. 그의 가슴에 불현 듯 사막의 비가 내리고, 그는 화물선 한 구석에서 수음을 즐겼겠지. 육체는 버려야 할 껍데기이며 욕된 삶의 도덕이었음을 느꼈던 것일까. 밤

이 빈 마음 안에 들어와서

마다 도둑질한 여자들의 쾌락을 그 자신 가엾어하면서 아침이 되자 갑자기 아무 일도 없었다는 듯이 제법 의기양양하게 해 뜨는 수평선을 넘었을 것이다. 그는 이 세상을 마지막으로 사기 쳐 먹었던 것이 분명했다.

       ::::::

오르지 못할 나무란 없나. 다만 쳐다볼 뿐이다.
사랑하지 못할 사람은 없다. 다만 기다릴 뿐이다.

       ::::::

그 노인은 모닥불 가에 있었다. 밤바다가 남루한 영혼의 하얀 거품을 해변에다 앙금처럼 남겼다. 하늘엔 별들의 모자이크가 아름답게 빛났다. 그는 바다 쪽을 향하여 앉아 있었는데, 그의 육체는 불빛의 무구無垢함 속에 일렁이고 있었다.

섬사람들의 입으로 전해져 오는 '이상한 노인'은 어떤 비밀스런 느낌표처럼 오똑했다. 그는 바다의 신 하백河伯도 아니었고 튼튼한 늙음을 보여주던 희랍인 조르바도 아니었다. 그는 평범한 어부였으나 넓은 바다의 가슴을 소유한 존재였다.

그의 언어는 부드러웠으며 눈은 예지로 가득 차 있어서 마치 지옥에서 타오르는 영원한 불꽃처럼 힘을 가지고 있었다. 내밀한 영혼의 화음이 내 안에서 하얀 달빛으로 부서지고, 노인은 침묵으로 나를 바라보았다.

노인은 그곳에서 바다를 부르고, 바다는 그 노인의 부름에 의해 고요히 걸어왔다. 바다는 초록빛으로 모닥불 가에 서 있었으며 뚝뚝 초록물을 흘리고 있었다. 당신이 바로 신이냐고 나는 물었다. 노인은 가만히 고개를 저었다. 당신이 바다의 죽음이고 태양이냐고 나는 물었다. 그는 또 고개를 저었다. 그는 행복하지도 않았고 슬프지도 않은, 몽롱한 바다의 은어隱語였다. 바다는 노인의 육성을 듣고 있었다. 노인은 바다였고 바다는 노인이었다.

반야般若의 칼날이 비스듬히 바다의 허리를 자르고 있었다. 바다는 깊은 신음으로 쓰러지고 모닥불은 서서히 꺼져갔다. 노인은 폭삭 한 줌 재로 남았다. 그리고 바닷바람에 어디론가 불려갔다. 존재하는 것이란 캄캄한 어둠과 침묵, 그리고 나밖에는 없었다.

⋮⋮⋮⋮⋮

코피가 자꾸 나서 고개 쳐들면 문득 하늘마저 허허롭구나. 시인의 이야기가 아니어도 하늘은 늘 거기에 있다. 하늘은 감동의 나르시스이니까. 하늘은 무한동경으로 우리를 절망케 하니까. 하늘은 그렇지, 죽을 때까지 그 누구에겐가 연애편지를 쓰도록 슬픔의 언어를 그곳에다 직조해 놓았다.

알코올처럼 바다가 잠들어 있다.

바다는 창녀이다. 바다가 내다보이는 창을 가진 여인숙에서의 하룻밤은 고독하다. 나는 고독하므로 자유로워진다. 나는 구겨진 바나의 나체주의 앞에서 가난한 무대장치를 꾸미고, 바다의 비릿한 분냄새를 맡는다. 배경은 슬프고 비밀스럽다. 머리를 한껏 꽂히고 긴장된 표정으로 밤을 맞이한다. 깔깔대는 여인들의 여름이 가까이 와서 속삭인다. 몇 번이나 바다를 향하여 귀를 기울였던가. 내 몸으로 맑은 피가 흘러 바다로 간다. 모래를 밟으며 검은 밤의 지느러미가 퍼득인다. 내가 품었던 창녀는 일렁이는 파도였다. '지젤의 춤'이 뜨겁게 솟아오르고, 나는 처용의 가면을 쓰고 돌아앉는다. 창녀는 가면을 벗어 버리라고 뜨겁게 호소하지만 나는 가면을 쓰고 있음으로 편안하다. 창녀의 가슴에 새겨진 슬픔의 문신文身을 지울 수가 없다. 비겁하게 돌아앉아 욕을 하지만 창녀는 드러누워 노래를 부른다. 갈라진 목청으로 뽑아 올리는 그 소리는 비가 되어 내린다. 그녀의 비밀이 열차의 기적처럼 온다. 악의 꽃 속에서 그녀가 눈을 뜬다. 그는 창녀를 순결하게 품지만 여인은 아이를 낳을 수 없는 불구자이다. 그와 여인은 공허한 바다 속에서만 오만하다. 그리하여 또 다시 비천한 시인으로 남을 수밖에 없다.

오 바다여. 누가 그대의 내밀한 풍요를 알고 있으랴. 그토록 지독하게 그대들은 비밀을 지킨다,
라고 보들레르는 노래했다.

그의 노래는 창녀의 유행가보다 더 천박하다. 그러므로 그는 그 천박성 때문에 그 자신 행복하고 자유로운 것이다. 석가는 창녀가 바친 돈으로 최초의 사원을 세웠다. 만약 창녀가 내게 돈을 바친다면(사실 그럴 수도 있다) 나는 그 돈으로 허무를 살 것이다. 허무는 마지막 구원이다. 허무는 죽음도 아니고 외로움도 아니다. 허무는 벙어리이다. 가장 비싼 그 허무 앞에서 나는 자유롭다. 나는 아무렇게나 쓰러져 바다 한가운데로 가라앉는다. 나는 분명히 살아 있다.

# 알사탕

길에서 한 아주머니를 만났다. 아저씨, 하고 그녀가 나를 불렀다.

나는 멀뚱하게 그녀를 쳐다보았다. 그녀는 웃지 않았다. 거기엔 아무 감정도 실려 있지 않았다. 그녀가 내게 불쑥 사탕 한 개를 내밀었다. 빠닥빠닥한 셀로판색지로 곱게 싼 알사탕이었다. 아, 내게 이런 행운이…. 아주머니가 메마르고 재빠르게 말했다. 이 사탕 잡숫고요, 교회 다니셔서 천당 가세요. 나는 아주머니를 쳐다보았다. 아주머니는 볼일을 다 보았다는 듯 저쪽 다른 노인한 테로 달려갔다. 난 셀로판지 껍데기를 벗겼다. 그리고 아무 군말 없이 알사탕을 입에 처넣었다. 동그란 사탕이 입안에서 달콤하게 돌았다. 천당이 입안에서 달그락달그락 지구처럼 자전하면서 녹아갔다. 나는 잠시 주위를 두리번거려 보았다. 아주머니는 인파 속으로 사라져 버리고 없었다. 셀로판색지엔 교회당 이름과 십 자가와 전화번호가 적혀 있었다. 그리고 회개하라!고 적혀 있었 다. 지나가는 사람이 힐끗 나를 쳐다보고 지나갔다. 아마도 사탕 을 싼 껍데기를 굽어보는 내 모습이 진심으로 회개하고 있는 모 습으로 비쳐졌는지도 모른다. 그러니까 나는 아주 잠깐 동안 무 의식의 회개를 한 셈이다.

    알사탕은 달았다. 나는 그야말로 진심으로 회개하고 싶었 다. 그러나 그러지를 못했다. 나는 무엇부터 회개해야 할지를 몰 랐다. 도대체 회개해야 할 것이 너무나도 많았다. 그리고 또 한편 으로 생각해 보니 회개해야 할 것이 아무것도 없었다. 무얼 회개 하란 말인가. 내가 사람을 죽였는가. 내가 사람을 해쳤는가. 내가 남을 사기 쳐 먹었는가. 내가 남을 때렸는가. 난 너무나 한갓진 사 람이었고, 난 너무나 사소하고 하찮은 사람이었고, 난 너무나 벌 써 후져 버린 사람이었다. 난 천당보다는 흘러가는 구름이 되고 싶었고, 난 지옥불보다는 한 개비 가느다란 성냥개비가 되고 싶 었다. 그렇게 불타서 영원한 무의식으로 사라지고 싶었다. 그렇 게 무가 되고 싶었다.

이 빈 마음 안에 들어와서

하지만 그런 건 도저히 될 수 없다는 생각이 들었다. 그게 불가에선 해탈의 경지라고 하던데. 그런 것은 높은 수행을 한 사람만이, 아주 많은 공덕을 베푼 사람만이 얻을 수 있다고 하던데.

어쨌거나 난 조금 마음의 반항을 했나보다. 아무 반성도 없이 살아온 나는 나를 전혀 믿을 수 없었다. 그리하여 만약 내가 회개를 지극정성으로 한다 한들 또 다른 내가 그걸 인정할 수 있을까. 난 이중의 인격을 가진 하찮고 사소한 인간이 아니던가. 나와 또 나와 또 나의 다른 사람들도 그렇게 오로지 단심 하나로만 살 수 있을까. 난 의심에 의심을 곱하여 나 자신을 더욱 혼돈으로 몰아갔다. 그리고 한 참 후 깊은 한숨을 내쉬었다.

방금 내게 사탕을 건네주고 사라진 그 아주머니는 회개를 끝냈다는 말일까. 그 아주머니가 다니는 교회의 목사님, 신도들은 이미 회개를 회개하여 더 이상 회개할 아무것도 없다는 것일까. 회개할 것이 너무 많아서 죽을 때까지, 죽어서도 저승에 가 중얼중얼 암송하듯이, 무언가를 계속하여 회개해야 하는 짐을 나는 지고 있는 것일까.
천당에 가면 회개할 것이 없어 심심하지는 않을까. 천당엔 대체 누가 가는 것일까. 누가 거길 가 보았는가. 이 지구상에 존재하는 누군가가.

내 이 물음은 공허했고, 내 이 물음은 정말 하찮고 사소한 물음이었다. 믿음이 없는 자의 독백이었다. 믿지 못하여 생기는 독이었다. 나는 내 입안에서 자전하고 있는 알사탕지구를 깨물었다. 와삭 지구가 깨어졌다. 그리고 입안의 우주는 너무 달았다. 와삭 와삭 지구는 박살이 났고, 나는 회개하지도 않았고, 그래서 난 천당을 가고 싶지가 않았다. 아직은 천당을 갈 나이가 아니었기에. 갈 때가 되면 그때 가서 교회당에 가 회개도 열심히 하고, 제발 천당 좀 보내주셔요~ 하늘에다 억지떼도 써볼 참이다.

신호등이 켜졌고, 난 녹색의 신호등을 무심히 바라보며 건널목을 건너갔다.

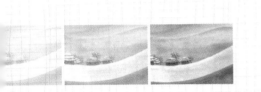

# 제4부

사랑이란 말을 몰래 쓴다

## 뭉크가 내게로 왔다

　　홍천강에서였다. 아무 꿈도 없이 절규하는 뭉크가 뭉게구름 뭉글뭉글 피어오르는 여름하늘을 배경으로 개울가 짱돌 틈에 너붓이 누워 있었다. 나는 뭉크가 고독한 눈빛으로 나를 응시하고 있는 걸 보았다. 애절하고 깊은 그 눈을 보자마자 나는 문득 서럽도록 안타까운 그의 이름을 조용히 불렀다. 뭉크!
　　그러자 뭉크가 슬픈 눈을 들어 나를 보았다. 에드바르트 뭉크. 그는 1863년에 나서 1944년에 죽었다. 그는 일기에 이렇게 썼다.

"나는 두 친구와 함께 길을 따라 걷고 있었다. 해가 지고 있었다. 나는 우울함이 밀려오는 것을 느꼈다. 갑자기 하늘이 핏빛으로 변했다. 나는 멈춰 서서 난간에 몸을 기댔다. 극도로 피곤해졌다. 불타는 구름이 핏빛으로 변했다. 그리고 온갖 색채로 물들여졌다. 그 형체들이 짙은 푸른색의 피요르드와 도시 위로 걸려 있는 것을 나는 망연히 바라보았다. 색채들이 비명을 질러대고 있었다. 내 친구들은 아무 느낌 없이 계속 걸었다."

©오자유

뭉크는 네 점의 절규를 남기고 죽었다. 그 중에 한 점의 판화가 끼여 있었다. 나는 7년 전 일본 국립현대미술관에서 뭉크의 그림을 보았다. 먼 노르웨이에서 온 뭉크의 그림을 나는 우연히 만났다. 그의 그림은 일견 조잡한 듯이 보였다. 나는 욱일승천기旭日昇天旗와 같은 그의 태양 그림을 경멸했다. 어쩌면 일본인들의 군국주의와도 맥락이 닿아 있는 듯이 여겨졌다. 이것은 일본제국주의와의 디러운 음모가 깔려 있군. 틀림없어. 나는 그렇게 생각했다. 그리고 나는 그를 잊었다. 오래오래 잊어 왔다. 그런데 나는 뭉크를 발견하고야 만 것이다. 나의 강에서, 나의 눈앞에서 한 개의 돌로 환생한 것이다. 나는 그렇게 믿고 싶다. 뭉크의 환생이라고.

내 얼마나 뭉크를 좋아했던가. 중학교 때 미술교과서에 실린 작은 그림 한 장. 그것이 나를 얼마나 불면의 밤으로 몰아갔던가. 자연은 경이로우나 얼마나 깊은 속살의 아픔으로 비명과 절규를 내지르고 있었는지를 그때의 어린 나는 몰랐다. 그러나 뭉크는 어린 중학생에게 색채가 어떻게 절규하는가를 보여주고 있었다. 그리고 참 먼 날을 지나왔다. 이제 내 나이 예순다섯에 나는 강가에서 돌이 된 뭉크를 만나게 된 것이다. 나는 그 돌덩이에서 어떤 비명과 외침을 들었을까. 모르겠다. 나는 아직 열려 있지 않았고 모든 걸 닫고 지내왔다. 아무것도 현실 저쪽의 세계를 인정하지 않고 지내왔다. 문득 나는 뭉크! 했었다. 그것이 메아리가 되어 내 안의 나를 절규하게 했는지는 모르겠다.

 나는 가슴이 아파왔다. 나는 내 개인사를 돌아보았다. 나는 뭉크, 라고 중얼거렸다. 내 개인사는 질곡이었으나 아편처럼 향기로웠다. 나는 울었으나 그 무엇이건 그리워했다. 나는, 언젠가 죽을 것이다. 뭉크가 그걸 내게 일깨우고 있는 것만 같았다. 내 무덤에 이제 뭉크를 묻으리라. 화장한 뼛가루와 뭉크가 같이 있는 한, 나는 영원히 누군가에게 색채의 절규를 메아리로 보낼 수 있으리라. 황혼 무렵, 이국의 다리 난간을 지나는 먼 미래의 나를 위하여.

# 칼을 갈며

오늘 칼을 갈았다. 정확히 말하면 식칼을 갈았다. 세 자루의 식칼은 모두 제 나름의 개성이 있어서 어느 칼은 과일에 잘 들고, 어느 칼은 고깃점 써는 데 잘 들고, 또 어느 칼은 채소나 무를 썰 때 요긴하게 쓰인다. 칼 좀 갈아줘요, 아내의 부탁을 받은 나는 동강난 숫돌을 베란다에서 찾아내어 무심한 마음으로 식칼을 갈았다. 칼을 갈 땐 다른 생각이 끼어들 여지를 주어선 안 된다. 칼은 일정한 호흡으로 천천히 같은 속도로 갈아야 칼날이 잘 서기 때문이다.

이따금씩 칼을 갈다가 손가락 끝으로 칼날의 서슬 퍼런 날끝을 스치다 보면 그게 내 인생처럼 아스라하고 위태해 보인다. 한 줌의 푸른 절망이 삭둑 잘려나가는 아픔을 느끼게 되는 것이다.

이처럼 가을 아침의 눈부신 날에 삭삭삭 칼을 갈면서 불현듯 나 자신 너무 무디게 인생을 살아온 건 아닐까 하는 통증을 감지한다. 무엇 하나 제대로 이루어낸 것이 없다는 자책이 칼을 갈면서 떠올리게 되는 것이다. 그건 칼이 지닌 그 엄격한 날 섬, 잘라야 할 때 반드시 잘라내야 하는 결단을 나는 하지 못했다는 반성 때문이다. 뭐든 주저하고 뭐든 좋은 게 좋은 거지 하는 막연한 타협….

나는 죽도 밥도 아닌 음식만 먹고 살아왔다. 쾌도난마를 하지 못한 그 어리석음과 후회스러움이 이제 칼을 갈면서 떠오르는 건, 그래도 무엇인가 저질러야 한다는 강박관념이 아직도 내게 남아 있기 때문일까. 모르겠다.

칼은 창틈으로 스며든 가을 햇살조차 섬뜩 베어 버릴 듯이 삭삭삭 잘도 갈린다. 마치 내가 숫돌에 갈리우듯이. 그리하여 나는 날 선 칼인 양 위태롭다. 정확히 갈려지고는 있는 것인지도 모른 채 나는 어느 눈부신 가을날에 식칼을 갈아대고 있다. 이 식칼이 삼십 년도 넘게 우리와 함께 살아오면서 우리를 연명하게 하고 우리 아이들을 키운 것이다. 그러니 이 눈부신 칼에게 어찌 고마움을 표하지 않으리. 아마도 식칼조차 늙어 가는 자신을 한탄하고 있는 건 아닐까. 문득 그 생각에 괜히 부끄럽고 죄스러워진다. 그래서 한 마디 사과의 말이라도 남기지 않을 수 없게 되었다.

미안하구나. 식칼이여. 그리고 고맙다.

# 레일로드666몽몽호

레일로드666몽몽호. 열차이자 잠수함이자 비행선인 이 몽몽호는 춘천 우두동 샘밭에 사는 한 농부의 공상 속에서 순간의 빅뱅을 일으키며 탄생하였습니다. 그 농부의 이름은 허태풍. 일찍이 그의 이름은 태웅이었으나 어느 날 갑자기 폭풍처럼 다가온 영감靈感에 의해 자신의 이름을 태풍으로 개명하게 됩니다. 그의 처와 아이들, 그의 부모, 돌아가신 그의 선대조들이 미처 말릴 새도 없이 그는 어느 날 허태풍이란 이름으로 이 무지하고 메마른 사막의 세상 속에 홀연히 등장하게 됩니다.

겨울.

소양댐에서 흘러내려오는 강물을 유심히 지켜보던 그는 어느 날 아침 느닷없이 '안개발생 예보관'으로 스스로 취임합니다. 이미 육탈이 되어 뼈만 남은 조상님네 제위들께서 무덤에서 황급히 달려나와 미처 손써볼 새도 없이 즉각 시행된 결연한 의지의 소산이었습니다. 한겨울 그는 손이 얼고 발이 얼고 가슴이 얼고 마침내 온몸이 꽝꽝 얼어 수정처럼 투명한 얼음인간이 되어서도 안개발생 예보를 결코 멈추지 않았습니다. 그러던 어느 혹독한 겨울날, 마침내 그는 소양강 둑방에서 딱딱히 굳어진 몸으로 쓰러져 버리고 맙니다. 그러나 병원에 가게 된 그는 병원의사의 충격적 발언과 행위에 의해 극적인 변신을 하게 됩니다.

이런 얼음은 우리가 치료하지 않아요. 내다 버려! 간호사.

휠체어에 간신히 앉아 있는 그를 의사는 냉엄하게 내쫓았습니다. 그리하여 슬픔에 잠긴 가족이 병원주차장으로 가려고 휠체어를 밀고 내려오다 비탈진 길에서 그만 휠체어를 놓치고 맙니다. 아아 휠체어는 시속 이만 킬로로 달려 내려가 대낮에도 불이 켜져 있는 가로등을 사정없이 들이받게 됩니다. 얼음인간은 박살이 났고 가로등의 불은 꺼졌고 가로등의 긴 허리는 90도 각도로 안녕하세요 깍듯이 인사하며 형편없이 깨어져 버린 얼음인간을 마냥 신기한 듯이 들여다보게 됩니다.

그런데 놀랍게도 허태풍은 아주 말짱한 몸이 되어 있었습니다. 허태풍의 몸에서 튀어나온 얼음조각들이 땅바닥에 수정알처럼 깔렸고, 그는 물에 흠뻑 젖은 채 온몸을 덜덜 떨고 있었습니다. 확실히 뜨거운 피가 돌고 있는 게 틀림없습니다. 당연히 가로등 파손에 대한 거금의 청구서가 병원 측으로부터 날아왔습니다. 곁들여 얼음인간을 자연치유한(물론 병원 건물 내에서 벌어진 일이므로) 치료비도 함께였습니다. 이렇게 하여 그는 집과 전답을 팔고 허름한 셋방에 나앉게 됩니다.

겨울이 가고 봄이 오자 안개는 더욱 짙어지기 시작합니다. 안개는 시처럼도 왔고 무협지의 칼잡이처럼도 왔고 돈키호테의 비루먹은 말 로시난테로도 왔고 중세유럽의 포체스터 성처럼도 왔습니다. 섬들은 흐릿하게 잠겨 이승을 버린 저승 밖에서 구천을 요요히 나는 새처럼 날렵한 망사를 흩날리며 흘러다녔습니다. 그때 그는 무심코 몽몽, 하고 중얼거리게 됩니다. 멍멍이 아닙니다. 몽몽夢夢입니다. 아마도 이 안개처럼 세상도 한낱 꿈이로구나, 뭐 그런 식상한 시구詩句 같은 감탄사의 내뱉음이었을 겁니다. 그게 이 허태풍의 운명을 바꾸는 계기가 될 줄 누가 알았겠습니까. 안개 자욱한 방죽 저쪽에서 한 남자가 홀연히 걸어와 그 앞에서게 되었으니 말입니다. 그리고 그 남자는 나직이 이렇게 묻습니다. 나를 부르셨소?

남자는 몽몽이란 이름의 선원이었습니다. 오대양 육대주를 돌고 돌던 중, 아마존의 어느 밀림에서 보아뱀과 맞싸워 이겨낸 결과 그는 한 동굴을 발견하게 되고 거기서 엄청나게 큰 다이아몬드를 시른세 개나 발견하게 됩니다. 그 가격은 여기서 밝힐 수 없는 비밀사항인지라 양해를 바라마지 않습니다. 그러나 그의 행색은 비루먹은 로시난테를 타고서 여기저기 유리표박하는 돈키호테나 다름없었습니다. 그는 허태풍이 날리는 안개예보를 페북에서 보고(몽몽은 페북을 하진 않지만 관심 있는 활동을 하는 사람들 몇몇은 꾸준히 주시하고 있었다고 함) 급기야 춘천의 샘밭을 찾게 된 것입니다.

둘은 만나자마자 일곱 날 일곱 밤을 꼬박 술을 마셨다고 합니다. 먹걸리며 소주며 담근 술이며 가리지 않고서요. 그 술값 안주값을 대느라 허태풍은 처가와 처가의 사촌과 처가의 사돈의 팔촌의 먼 친척까지 손을 벌려 돈을 꾸어야 했습니다. 당연히 빚이 눈덩이처럼 불어났습니다. 그리고 몽몽은 떠났는데 그가 사는 곳은 먼 남쪽나라 남해의 어느 곳이라고 했습니다. 아마 해변마을이 아닐까요, 선생님, 하고 허태풍이 뜬금없이 제게 물은 적이 있습니다. 사실 허태풍은 제가 고등학교 때 가르친 제자입니다. 그래서 한때 사람들은 그 몽상적이고 황당한 선생에 그 판박이 제자로세 얼씨구절씨구 하고 마냥 빈정대곤 하였습니다. 어쨌든 3년을 내리, 겨울이건 여름이건 가을이건 봄이건 몽몽은 허태풍을 찾아왔습니다. 몽몽의 주유천하는 허태풍을 아름다운 몽환의 세계로 이끌었습니다. 선생님, 몽몽 형은 제게 있어 영적 스승이나 다름없습니다요, 하고 태풍은 또 말한 적이 있습니다. 술값은 계속 빚으로 쌓여갔고, 그 빚 때문에 허태풍은 남의 터를 빌려 콩밭을 일구었습니다. 가을 날 잘 익은 콩포기를 박차고서 포르르 새파란 하늘로 날아오르는 메뚜기떼들을 보면 여지없이 몽몽 형이 우주의 은하수처럼 그리워진다고 했습니다. 그러나 어쩐 일인지 몽몽은 나타나지 않았습니다. 그러던 어느 날입니다. 정확한 시공간은 무시하겠습니다. 그러던 어느 날입니다.

　　가을도 깊어가는 날에 두부를 만들려고 허태풍 부부는 콩을 깨끗한 물에 불렸습니다. 그리고 잘 불려진 콩을 바구니에 담아놓은 다음, 잠시 마당의 꽃밭에 나가 시든 꽃들을 정리하고 돌아온 허태풍 부부는 노란 콩 위에 청개구리 한 마리가 앉아 있는 것을 발견하게 됩니다. 이 늦은 가을에 웬 청개구리? 하고 두 부부는 의아한 시선을 나누었지요.

그때부터 청개구리는 콩을 삶고 두부를 만드는 부엌에 매일같이 등장합니다. 두 부부는 그런 청개구리를 내쫓지 않고 두부를 만들 때면 한 구석에 청개구리 먹으라고 두부를 놓아줍니다. 그러면 청개구리가 그걸 먹습니다. 세상에, 청개구리가 두부 먹는다는 소린 첨 들어본다며 동네 아낙네들 동네 아저씨들, 아이들, 처녀들, 동네건달들, 할아버지, 할머니들… 심지어는 무덤에서 가을 겨울 온종일 심심하여 죽겠다며 투덜대던 대대 조상님네들과 그 이웃 유령님들께서 잔뜩 호기심을 품고 무덤에서 기어나와 청개구리 두부식사를 아주 흥미롭게 지켜본 적도 있습니다.

그리고 한 점씩 두부를 떼어먹은 사람 사람마다, 유령 유령마다, 이런 고소한 두부는 난생 처음으로 먹어본다며 입에 침이 마르도록 칭찬이 자자했습니다. 인근의 고등학생 하나는 이 청개구리두부를 먹고 나서 머리가 갑자기 맑아져 하룻밤 사이 문제집 100여 권을 순식간에 통독한 후 대학입시에 수석을 했다는 풍문까지 떠돌았습니다. 그래서 생겨난 두부집이 '콩이랑 두부랑'입니다. 허태풍의 두부집은 인산인해였습니다. 멀리 남쪽에서 KTX를 타고 오시는 분들, 섬에서 배를 타고 오시는 분들, 이 산 저 산 이 고개 저 고개 넘고 넘어 허태풍의 두부를 먹기 위해 삼삼오오 대열을 지어 수백만 번 들숨날숨을 들이내쉬며

씽씽쌩쌩 달려오곤 했습니다. 이 도시 저 도시 골목골목에는 '두부투어'라는 간판을 내걸고 단체 여행객을 모집하는 관광회사까지 생겨날 정도였습니다. KTX를 모는 여류기관사 K님은 직접 KTX를 몰고 허태풍 부부의 '콩이랑 두부랑' 집을 은밀히 방문하곤 합니다. 그분은 우리나라 여성 최초의 기관사이자 이 나라에 단 한 대밖에 없으며 '보이지 않는 레일을 깔고 달릴 수 있는 비밀의 기관차'를 모는 분입니다.

　　물론 열차 자체가 투명하여서 아무도 K님의 출현을 눈치채는 사람은 없습니다. '레일로드666몽몽호'란 이름은 이 K님의 '보이지 않는 레일'과 허태풍의 영적 스승인 '몽몽'에게서 따왔음을 허태풍이 은근히 제게 자랑한 적이 있습니다. 그리고 저에게 한 가지 다짐을 주는 겁니다. 꼭 비밀을 지켜주십시오. 하지만 이 엄청난 이야기를 알고 나서 매일 밤 대숲으로 가 어쩌구저쩌구 허태풍이가 어쨌대요 한심하게 소리를 쳐댈 수는 없는 노릇이어서 이 자리를 빌려 밝히지 않을 수 없음을 정말 미안하게 생각합니다. '임금님은 당나귀 귀'란 동화를 제가 일찍이 허태풍에게 가르쳐주지 않았더라면 상당한 오해를 했을지도 모릅니다. 인간은 내뱉지 않고는 살 수가 없다는 이 엄연한 명제와 진리를 허태풍이가 알고 있었기에 망정이지 하마터면 입싼 선생으로 영원히 낙인이 찍혀 버렸을지도 모릅니다.

어쨌거나 허태풍두부(일명 청개구리두부)는 소리소문을 타고 전국에 알려짐은 물론 전 세계 모든 이들의 입에서 입으로 전하여졌습니다. 더욱 신기한 것은 이 청개구리들은 날이면 날마다 불어나서 어느덧 수천 마리의 청개구리들로 북적이게 됩니다. 그리고 개개구울 한여름밤 콘서트를 열어서 방문하신 손님들에게 멋진 연주를 들려주곤 하였습니다.

여름날이면 매미들이 몰려와 '칠 년의 기다림과 일곱 날의 생' 동안을 멋진 날개비빔 소리로 협연을 해주었고, 방아깨비들은 쿵덕쿵 신바람방아를 찧으며 마냥 즐거워했습니다.

가을엔 귀뚜라미와 온갖 풀벌레들이 일제히 합창을 했으며 그 합창소리에 별똥별들이 긴 꼬리를 지으며 자욱이 쏟아져 내렸습니다. 눈 내리는 한겨울엔 타타탁 타악기 소리를 내는 장작불난로에 빙 둘러앉아 자연의 신비한 개굴송을 부르곤 했습니다. 겨울바람도 덩달아 위잉잉 불어와 깊은 밤을 더욱 으스스하고 신비롭게 했습니다. 그리고 또 봄이 되면 온갖 새들과 나비들이 저마다 고운 목청을 돋워 노래하고 춤을 추었습니다. 그 소문 때문인지 멀리 런던오케스트라에서 허태풍의 개굴송 합창단과 협연을 함께 해보면 어떻겠느냐는 멋진 제의가 들어왔지만 허태풍은 잠시 고민하다 결국 그걸 거절하고 맙니다. "개굴송 하나만으로도 이 온 우주와 대자연의 심오함을 충만하게 표현해내고 있거늘 어찌 인간들이 만든 악기로 협연을 한다는 말인가. 어쩐지 그건 대자연의 순행을 깨뜨리는 몰상식한 행위 같아 도저히 응할 수가 없다." 이처럼 허태풍은 터무니없는 비장함과 무모한 결단을 가진 소유자였습니다.

　　허태풍두부집 '공이랑 누부랑'은 나날이 번창해서, 팔았던 집과 전답도 다시 사들였고 몽몽과 함께 먹은 외상술값도 깨끗하게 모두 갚았습니다. 그런데 몽몽은 여전히 소식이 끊긴 채 오리무중이었습니다. 몽몽은 그의 소재지를 타인에게 알려주는 법이 없어서 허태풍으로서도 달리 어떻게 연락을 취할 방법을 알지 못했습니다. 그저 남쪽나라 어디에, 라는 것밖엔 아는 바가 전혀 없습니다. 그동안 전화 한 통화라도 줄 법도 하건만 그런 낌새조차 전무하니 답답할 노릇이었습니다. 그러던 어느 날입니다. 긴 장마가 지나고 나자 어쩐지 청개구리들이 하나둘씩 자취를 감추기 시작합니다. 다 어디로들 갔을까요. 그때부터 소양댐 하류의 안개가 짙어지기 시작합니다. 물론 허태풍 안개 예보관은 어김없이 아침저녁으로 안개의 모습 하나하나를 동영상에 담거나 멋진 사진을 찍거나 자신 스스로가 감흥에 못 이겨 시를 지어선 '안개의 안개를 안개처럼 젖어서'라는 좀 신파조의 안개 예보도 하게 됩니다. 그래서 그런지 '콧구멍다리'에서부터 몰려오는 저 신비한 안개는 소리 없는 음악처럼 아름답게 강물 위를 몰려다니곤 하였습니다.

　　청개구리들이 모두 자취를 감추고 난 뒤 '콩이랑 두부랑' 집의 부엌은 너무나도 쓸쓸한 정적만이 감돌았습니다. 대체 어디로 간 것일까. 그런데 어느 날 저녁 무렵입니다. 자욱한 몽환의 안개가 짙어지기 시작하고, 어디선가 개구리 합창이 울려 퍼지기 시작합니다. 안개 속을 가만히 눈여겨보고 귀 기울여보니 청둥오리섬에서 그 개구리 합창이 울려오고 있었습니다. 겨울이면 청둥오리떼들이 무리지어 날아와 겨울을 나는 곳입니다. 버드나무 숲이 울창하여 몸을 숨기기 안성맞춤인 곳일뿐더러 주위에 수초들이 우거져 물고기들이 많은 곳이기도 합니다.

　　허태풍은 저도 모르게 나룻배 한 척을 빌어 그 섬으로 가게 됩니다. 섬기슭에 이르자 유난히 오래 묵은 버드나무 한 그루에 청개구리들이 이끼처럼 달라붙어 고래고래 노래를 하고 있는 모습을 목격하게 됩니다. 몽몽 몽몽, 하고요. 결코 멍멍이 아닙니다. 몽몽입니다. 정확히 옮기자면 몽~개굴 몽~개구울 이렇게 말입니다. 그런데 나무 밑둥치에 한 청개구리가(아마 첫 번에 나타났던 녀석임이 분명합니다) 허태풍을 보고 이상한 눈짓을 하는 겁니다. 그토록 그리워하던 몽몽 형이 나타날지도 모른다는 어떤 예감 때문에 허태풍은 안개 속에서 헛기침을 한 번 했습니다.

하지만 몽몽 형은 나타나지 않았습니다. 몽~개굴 몽~개구울 시끄럽게 외치는 청개구리들의 합창소리에 귀가 다 아프고 눈마저 띠가울 지경이 되어 허태풍은 도통 정신이 없었습니다. 근데 이상한 일은 나무 밑둥치에 앉아 있는 청개구리만은 여전히 미동두 않은 채 묵 묵히 태풍만 쳐다보고 있는 걸 다시 발견합니다. 거참 이상쿠나 하고 눈치를 챈 허태풍은 유심히 그 청개구리를 살펴보자니 녀석의 발밑에 봉긋이 무덤 같은 자리 하나가 희미하게 나 있음을 알게 됩니다. 태풍은 허겁지겁 달려가 주변에 있는 나무막대기를 집어 정신없이 그 자리를 파기 시작합니다.

알루미늄 도시락입니다. 6.25동란을 겪은 아이들이 늘 지니고 다니던 알루미늄 도시락 통입니다. 영화 〈쇼생크 탈출〉 마지막 장면인 돌담 아래 감추어진 도시락 통과 어쩜 그리도 비슷한지 모릅니다. 모건 프리먼은 팀 로빈스가 써 둔 그 안의 편지를 읽습니다. 그리고 돈봉투를 보며 주위를 두리번거리다가 새파란 하늘을 올려다봅니다. 흰 구름 몇 점 한가롭게 어디론가 가고 있습니다.

태풍의 손에도 한 통의 편지가, 또 한 손엔 다이아몬드 자루가 들려 있습니다. 태풍도 주위를 한 번 두리번거리다가 하늘이 아닌 버드나무를 쳐다봅니다. 그토록 소란스레 외쳐대던 청개구리들, 그들이 어디론가 감쪽같이 사라져 버린 걸 그때서야 깨달았기 때문입니다. 나무 밑둥치에 있던 청개구리도 물론 사라지고 없습니다. 허태풍은 봉투에 든 편지지를 꺼내어 읽어내려 갑니다.

태풍아, 다이아몬드 보석 33개를 가지고 너만의 항해선을 만들어라. 나를 찾지 마라. 난 존재하지 않는 안개이니까.


　　　그리하여 허태풍은 '레일로드666몽몽호'를 구상하게 됩니다. 그림을 보니 어디서 복사해 온 듯한 그림입니다. 뭐야 이건 아니잖아. 내가 좀 불만을 터뜨렸더니 허태풍은 조심스럽게, 글쎄요 어디선가 본 듯도 하네요, 하며 시치미를 뗍니다. 그리고 한다는 말이 선생님, 선생님께서 선장을 꼭 맡아주셔야만 하겠습니다 하는 겁니다. 이 사람이…. 전 너무 어이가 없어서 한참이나 허태풍을 쳐다보았습니다. 알고 보니 이 그림은 일종의 연막전술 같은 것이었습니다. 실제로 그는 설계팀을 구성하여 작업에 착수하고 있었던 것입니다. 33인의 승무원을 위촉하여 허락도 이미 받아 논 상태였고요. 그리고 저를 선장으로 추대한다는 데 만장일치를 보았다는 겁니다. 이건 어쩐지 허태풍 혼자서 저지른 일이 분명합니다. 전 짐짓 위엄을 부려, 난 아무것도 아는 게 없네. 내가 선장이라니, 하고 손사래를 쳤습니다.

사랑이란 말을 몰래 쓴다

그때 허태풍이 한 말이 나를 뒤집어지게 만들었습니다. 선생님은 공상을 즐기시는 분인지라 레일로드666몽몽호 선장님으로 아주 적격이십니다. 전 그래서 얼떨결에 공상을 즐기는 죄목 하나로 레일로드666몽몽호 선장으로 취임하게 됩니다. 설계와 건조공사가 마무리되는 날 출범식을 가질 때 그동안 제게 아름다운 응원을 아끼지 않으신 친구분들께 최고 우등의 열차표를 증정하겠습니다. 행선지는 비밀이고 당연히 왕복권입니다. 하지만 사람일이란 알 수 없는 것이어서 다시는 이 지구로 돌아오지 못할지도 모른다는 것을 널리 양지하시기 바랍니다.

# 인형의 나라에서 하룻밤을

나는 인형그림을 그리는 황효창을 자주 만난다. 그는 나의 형이요 친구요 동반자다. 언제나 헛헛한 몸가짐과 고집스런 눈매를 가진 황효창은 늘 바람 맞는 사내이다. 그는 창가에 앉기를 좋아하고 하루 종일 창밖을 내다보며 생각에 잠기기를 좋아한다. 물론 한 잔의 술이 그에겐 늘 자리한다. 그의 가슴엔 언제나 술병이 바람 속에서 울고, 그 안엔 한 인형이 술을 마시고 있다. 황효창도 말이 없고 술 마시는 인형도 말이 없다. 그냥 한 잔의 술이 바람 속에서 이야기할 뿐이다.

청색과 회색, 우울한 색조의 혼합으로 이루어진 그의 그림은 어느새 밝은 색조의 그림으로 변하기도 한다. 그에겐 어둠과 밝음이 늘 공존한다. 나는 그런 그의 그림을 좋아한다. 그의 곁에는 인형 같은 부인이 언제나 미소를 짓고 있다. 그런 부인을 황효창은 자동차 운전수라고 부른다. 그는 운전을 하지 않는다. 아니 못한다. 한 잔의 술이 그에게 간곡히 부탁하기를, 구름 몰고 다니는 부인이 있으니 안심하고 마셔요, 라고 했는지도 모른다.

그는 고독하나 행복해 하고, 그림 또한 외로우나 언제나 바람소리를 듣는다. 그의 그림엔 외로운 도시에 뜬 달빛 그림자를 밟으며 인형들이 걸어 나온다. 어디선가 도시의 우울한 울림이 들릴 것만 같다. 나는 황효창의 그림을 보고 한 편의 시를 쓴 적이 있다. 〈허수아비 사랑〉이라고.

허수아비.
왼쪽으로 기울어져 바라보는 세상
아직 아무도 눈길을 주지 않는 세상
불빛 꺼진 악다구니의 도시로부터
말라빠진 인형 두엇 쓸쓸히 걸어온다.

결국 아무것도 아니다.
내가 껴안을 것은 팅팅 불은 영혼일 뿐
곧 나는 한 줌 재가 되리라.

이제까지 내게로 흘러오던 그 맑던 피는
소리치며 저 침통한 강으로 가는데

외롭다.
결국 나는 아무것도 아님을 알겠다.

언젠가 밤새도록 편지를 쓰면서
내 지나온 어린 시절의 천둥소리 들으면서
물끄러미 내다보던 흐린 창밖 우울한 도시의 밤하늘엔
빨간 불똥의 비행기 하나 어디론가 가고 있었다.
내 지나온 묵은 생이 분명치 않고
앞으로 살아야할 날이 내게는 더더욱 분명치 않으니
내 가느다란 팔뚝에 매달린 손목시계가 재깍거리는지
아니면 꼼짝없이 비명을 지르며 멈추어 있는 것인지
난 모르지만

누가 버린 인형일까.
저토록 비틀거리면서도 팔뚝 없는 모가지를 흔들며
걸어오는 또 하나의 나.

쓰러지고 비틀거리고 무언가를 돌아앉아 웅얼대는 인형, 검은 안경을 끼고 드럼을 치거나, 공허한 광장에서 트럼펫을 불어제끼는 인형들은 우리들의 허수아비들이다. 어느 한구석에도 희망을 간직할 초록빛깔은 없다. 그렇게 도시가 함몰하는 것 같았다.

하지만 최근 그의 그림은 아주 밝고 꿈길고 동화 같다. 나는 그의 변화가 새롭다. 나는 그런 그의 변화가 참으로 아름답다. 나는 그런 그의 그림에서 오랜 절망의 꽃들이 삭혀낸 튤립 같은 향기를 맡는다. 또한 밝은 색채와 희망의 메시지를 읽는다. 그것은 인간에게 던지는 무언의 그리움 같은 것일 것이다. 사탕을 입안에 문 듯한 달콤함이 그의 그림에서 느껴지기 시작할 때 나는 오랜 우울의 옷자락을 훌훌 털어낼 수 있다. 어찌 절망이 한평생을 이끌 수가 있으랴. 나는 그래서 그가 고맙다.

나는 아름답게 울고 싶다. 그래서 황효창의 인형과 황효창과 그의 예쁜 인형 같은 부인과 한 잔을 나누고 싶다. 나는 바람 부는 날, 바람 맞으며 그와 함께 하련다. 나는 그가 그리는 인형의 나라에서 울고, 웃고, 하얀 구름송이처럼 맘껏 꿈을 피워보고 싶다. 나는 그렇게 그와 하룻밤을 보내며 꽃이 되고 싶다.

©황효창

# 풍경열차

1월 21일 아침. 춘천은 눈보라가 몰아쳤다. 시내버스에서 내린 나는 눈보라를 안고 남춘천역으로 뛰다시피 걸었다. 습기 먹은 눈송이들이 내 앞으로 달려들었다. 나는 우산으로 거대한 군단을 막으려 했으나 송이눈이 헉헉거리는 입안으로 밀려들었다. 차가운 영혼들이 뜨겁게 별처럼 소멸하는 느낌이었다.

ITX 청춘열차를 탔다. 그 와중에 신용카드를 자동매표소에 꽂아놓고 왔다. 역 안내방송을 듣고 허겁지겁 계단을 뛰어 내려가 카드를 찾았다. 잠시 동안 잃었던 내 신용을 가까스로 회복했다. 언젠가는, 그 언젠가는 나 자신의 신용을 영원하고도 완벽하게 잃어버릴 날이 올지도 모른다는 생각을 했다.

청춘열차에 탄 나는 청춘이 될 수 없었다. 이미 30%를 할인 받은 인생이었고, 30%만큼 나는 미안했다. 나는 국가공인 노인으로 분류된 사람이었다.

용산역에서 9번 출구를 통해 광주행 KTX를 탔다. 나는 광주에 사는 최금진 시인의 시집을 펼쳤다. 창밖은 퍼붓던 눈보라가 겨울비가 되어 내렸다. 시집 제목처럼 나는 '황금을 찾아서' 광주로 가는 것이다. 갑자기 최금진 시인의 목소리가 듣고 싶었다. 착 가라앉은 시인의 목소리는 너무 먼 별에서 오고 있었다. 나는 그때 시집 30쪽 '가난한 아버지들의 동화'를 눈길로 읽고 있었다. 시집에서 지구별 아버지가 내게, 먹어! 어서 처먹어! 안 먹어! 라고 윽박질렀다.

고속열차는 빠르게 달렸다. 귀가 먹먹했다. 윙 소리가 들리는 듯도 했다. 나는 시집을 계속 읽었고 언뜻언뜻 창밖을 내다보았다. 빗방울들이 창에 몰려들어 샛강처럼 유리창 뒤쪽으로 숨 가쁘게 흘렀다. 납작해진 자동차 벌레들이 촘촘히 쌓여 있는, 오래된 폐차장을 열차가 무심코 스쳐갔다.

바로 뒤쪽 사내가 코를 골기 시작했다. 긴 강처럼 코를 골았다. 허무가 서리처럼 돋아나, 이젠 다시는 돌아오지 마, 라며 누군가에게 메아리치듯 코를 골았다.

천안에서 대전까지, 화장실을 두 번 다녀왔다. 나는 점심을 먹지
않았고, 그렇다고 배도 고프지 않았다. 나는 화장실을 나와, 뿌
리 뽑힌 한 그루 나무처럼 흔들리며 걸었다. 나는 편히 내 혼을
정박할 데를 알지 못했다.

창밖의 쓸쓸한 풍경 하나. 날아갈 듯한 '신천옹 식당'. 그
간판이 겨울비에 무겁게 젖고 있었다. 안개를 몰고 온 겨울비는
인육만두를 파는 허름한 주막을 상상케 했다. 시녀를 뿌린 듯한
노을 저쪽, 그 수호지의 만두집 굴뚝. 너무 고요한 연기 한 오라
기, 서러운 누이의 푸른 정맥처럼 피어오르는 집을 상상했다.

창밖의 쓸쓸한 풍경 둘. 동네 어귀의 회화나무. 수십만 년
그 나이로 화석이 되어 서 있는 나뭇가지 위. 엎혀진 빈 둥지. 동
네 뒷산이 겨울안개에 야금야금 먹히고 있었다. 살점을 베어물
린 만두처럼.

나목들은 무심했고 대숲은 음울했다. 들판 한가운데 씨
앗처럼 자라는 집들이 어디론가 뒤쪽으로 열을 지어 가고 있었
다. 어딘가 모르게, 저 마을은 불온한 마을이란 느낌을 지울 수
가 없었다.

광주에서 신춘문예 동화당선작가 이현주의 시상식에 참
석했다. 벽도 천장도 전등도 모두 하얀 실내. 양잿물 같은 눈부신
빛. 하얀 천이 씌워진 의자에 앉아 시상식을 지켜보았다. 이현주
작가는 까만 드레스를 입고 상패와 꽃다발을 받았다. 그는 고아
한 꽃처럼 하늘거렸고 아주 예뻤다.


　　　이종격투기 선수이며 시인인 황종권. 산들바람 작곡가이
며 피아니스트이며 동화를 쓰는 유니스 황. 이현주 자매. 나. 이
다섯은 광주에서 밤을 새웠다. 30년 만에 찾은 광주는 어두웠
고, 네온이 거리로 밀려나와 수천 송이 꽃으로 피어났다. 회를 먹
었고 양장피를 먹었고 맥주를 마셨다. 고둥을 먹었고 소주를 먹
었고 밤을 먹었다. 광주는 여전히 알 수 없었고, 그러나 광주는
거기 있었다. 30년 전의 광주에 난 여전히 화석처럼 늙지 않은
채 거기 머물러 있었다. 아니다. 지금 나는 광주 어느 외딴 곳에 낯
설도록 앉아 시름시름 시들어 가고 있는 것인지도 모른다. 거기에
서 나는 나를 전혀 알 수 없었다.

# 아파도 사랑 한 번

사람도 여러 질이 있듯이 꽃에도 여러 모양이 있구나. 꼭 미늘 없는 낚시바늘같이 생겼구나. 내 방 창가에 놓아둔 풍란이 골골하면서 사십일을 앓아대더니 비겁하게 이파리 뒤에 숨어서 꽃을 피웠구나. 누굴 낚을 속셈을 하고 있는지는 모르겠으되 낚여도 미늘이 없으니 놓치기 십상이듯이 그 모양 뻔해 보이건만, 그래도 꽃이라고 수줍게 피워낸 이 꽃을 난 갸륵한 성심으로 한 번 낚여볼 참이다. 비록 서럽게 헤어질 날 쉬이 올망정 그래도 그의 사랑 한 번 꼬옥 물어볼 일이다. 아프게 물어볼 일이다.

# 깃동잠자리

짧은 장맛비가 그친 아파트촌 하늘에 난데없이 수천 마리의 잠자리떼가 나타났다. 초콜릿색의 무늬가 날개 끝에 그려진 깃동잠자리다. 저고리 목둘레에 두르는 다른 빛깔의 천을 깃동이라 하는데 그를 따서 깃동잠자리라 부른다.

이 깃동잠자리 암컷은 약간 검은 기운이 도는 황갈색 몸을 하고 있다. 하지만 성숙한 수컷은 적갈색 몸을 하고 있다. 호수나 개울가 습지에서 자란다. 그리고 논밭, 과수원, 인가, 산기슭 어디에든 나타나는 놈들이다. 어릴 적엔 이 깃동잠자리 두 마리를 손으로 붙잡아 꼬리 양쪽 끝에다 실을 매단 다음, 공중에 날려 보내는 놀이를 즐겼었다. 놈들은 서로 다른 방향으로 날아가려다 한데 뒤엉키고 추락하곤 했는데 아이들은 그게 그렇게 재미날 수가 없었다. 간혹 어떤 놈들은 다정하게 같은 방향으로 날아갔기 때문에 길고 긴 실이 U자 곡선을 그리곤 했었다. 그건 아주 드문 일이었지만 마치 에어쇼를 보는 듯한 느낌이 들곤 했다. 내 견해론 내 시대의 그때 아이들은 오리지널 악동들이었다. 아이들은 무당개구리를 보면 여지없이 밟아 죽였고 율무기 같은 꽃뱀을 보면 꼬리를 잡고 빙빙 맴을 돌리다가 태질을 해 죽였다. 6.25 동란 무렵의 아이들. 그들은 죽음을 너무나 대수롭지 않게, 너무나 많이 겪으면서 보고 자란 것이다.

장맛비가 그치면 잠자리를 비롯해 나비들이며 뭇 곤충들이 날개를 말리기 위해 비상을 한다. 그 비상은 당연히 짝짓기를 병행하게 되는데 날개를 쫙 펴고 기류를 우아하게 타는 놈, 암놈 곁을 아슬아슬 곡예비행을 하는 놈, 서로 십자를 그리며 멋진 에어쇼를 펼치는 놈들(물론 이놈들은 서로 눈이 맞아 환희의 비행을 하는 것이다), 왠지 날기가 신통치 않아 땅바닥을 거의 기다시피 주눅이 든 놈 등등(대개는 덜 성숙된 놈들이거나 이미 생식의 기능이 멈춘 노인들일지도 모른다). 석양 무렵 이 수천 마리의 잠자리떼가 아파트 하늘을 어지럽게 선회하는 장면은 정말 장관이다. 나는 넋을 놓고 바라보다가 사진 한 장 박지 못했다. 하지만 상상이 더 아름답고 장엄할지 모른다.

297

나중에 카메라를 가지고 깃동잠자리의 군무를 찍으려 했으나 모두 사라지고 두 마리 잠자리만 포착할 수 있었다. 둘은 분명히 눈이 맞았던 게 틀림없다. 오랜 비가 내린 오후, 저들은 어느 습기 먹은 풀숲 위에서 사랑의 마지막 에어쇼를 펼치리라. 그리고 몇 날 후 암컷은 잉태된 알들을 연못이나 풀숲에다 자욱이 융단폭격하리라.

자욱한 사랑은 그렇게 결실을 맺고 죽음처럼 사라진다.

# 샘밭 시인들


　　　샘밭, 정월대보름 대낮엔 장터가 섰다.

날은 흐렸으나 장터는 환했다.

만물점 좌판 한 귀퉁이에 놓인 다 늙은 스피커는 흘러간 유행가
를 느리게 내보냈다.

키가 훌쩍 큰 공수부대 출신 류기택 시인과 전설의 다방엘 들어
갔다.


　　　노인 몇이 커피를 마시며 푸른 담배연기를 피워 올렸다.

중년의 다방주인마담이 이천 원짜리 다방커피를 내왔다.

레지는 없고 연탄난로만이 달떠서 은근히 뜨거운 눈길을 보냈
다. 사방벽지는 온통 분홍장미였다.

분홍장미 속에서 달마가 보름달처럼 떠 있었다. 달마는 벌써 취해 있었다.

고현수 시인이 왔다. 고현수 시인은 도서관에 가던 중 우리 전화를 받고 즐거이 타락할 것을 결심한 나머지 자동차를 돌려 단숨에 달려왔다. 우린 수작을 붙일 마담을 힐끗거렸으나 마담은 이미 반대편 노인 쪽에 엉덩이를 붙이고선 꿈쩍도 하지 않았다.

우린 사랑과 정분에 대하여 이야기했다. 결론은 정분이 사랑보다 더 깊고 더 아프다는 거였다. 사랑과 정분이 다르다는 걸 이 전설의 다방에서 깨우치게 되다니, 난 아직도 멀었구나. 미운 정은 있어도 미운 사랑은 없다는 고현수 시인의 마지막 멘트에 나는 최후의 권총잡이와도 같은 쓸쓸함과 비장미를 느꼈다. 그 말이 내겐 꼭 어딘가에 있을 바람난 정분의 옛사랑을 떠올리게 했고, 그것이 푸른 담배연기처럼 멀어서 흐리도록 아파왔다. 계산을 하려고 류기택 시인이 만 원 지폐를 내밀자 마담 왈, 난 잔돈이 필요해요. 마담은 웃지도 않고 말했다.

류기택 시인과 고현수 시인이 주섬주섬 천 원짜리들을 뒤적여 마담에게 주었다. 마담이 그제야 환하게 웃었다.

우리 세 악당은 장터를 진입하여 주막엘 갔다. 인육만두를 만들어 팔 것 같은 주점 테이블엔 흑싸리 초단이 붙어 있었다. 저쪽 테이블엔 매화 홍단이, 바로 곁엔 공산명월이… 아아 이 집은 뭔가가 수상쩍다.

소양막걸리와 들기름에 노랗게 구워진 두부, 잘 익은 김치와 흑싸리 초단과 흰수염의 고현수 시인, 그리고 웃기만 하는 류근택 시인, 황혼의 블루스처럼 늙어가는 나와 어디엔가에서 식칼을 숫돌에 갈고 있을 텁수룩한 수염의 숨은 남자, 저녁엔 보름달이 떠오를지 어떨지 지금으로선 아무도 예측할 수 없는 불온한 기운과 이따금씩 술집 문틈으로 바락바락 기어드는 이미자의 구성진 노래, 옆옆의 이름 모를 아줌마 아저씨와 파장에 이른 장터의 그림자와 그늘 없는 그늘과 빈 겨울나무와 그 모두 모두의 허무와 사랑, 이 모두가 함께하는 그곳에 우리는 있었다.

정월대보름달은 뜨지 않았으나, 이미 우린 그 보름달을 가슴에 환하게 품고 있었다.

# 제야의 반성

　　왼쪽 위가 따끔따끔 하는 것은 경고신호다. 난 기억한다.
달려가는 앰블런스를 지극히 선명하게 상상할 수 있다. 단지 그
경고등이 그저 연말의 엄포로나 끝나주기만을 바랄 뿐이다. 술
이 독약이고 담배가 독초임을 앎에도, 인간은 그 독배를 마다하
지 않고 그 독초의 향기를 흠향해 마다하지 않는다.

　　그러므로 인간이다. 뻔히 이러면 안 되는 줄 알면서도 인
간은 그 행위의 어리석음으로 하여 가슴을 친다. 후회는 허무를
일깨우고 그 허무는 체념이 되어 소멸된다. 그리고 무다. 흙이 그
대를 한 줌 재로 받아들임에 주저하지 않고, 하늘이 그대 살과
뼈의 냄새를 아무 조건 없이 기꺼이 품에 안아줄 때, 인간은 비

로소 삶이란 굴레에서 자유로워질 수 있는 것이다.

연말은 술로 지새고, 지난 일을 원 없이 후회하고 원 없이 반성한 다음, 새해에는 희망이란 이름의 장미를 심는다. 장미는 가시가 있고 그 가시가 어느 날 꽃잎에 닿아 붉은 피 흘릴 줄 그 또한 앎에도, 인간은 스피노자의 명언을 떠올린다.

당장 내일 지구가 멸망하더라도 난 지금 한 그루의 사과나무를 심고야 말겠다는.

그 철학자의 침통하고 비장한 한 마디에 인간은 얼마나 감동을 받았던가. 그리하여 언젠가는 아파야 할, 아플 수밖에 없는 장미를 마당 한 구석에 심는 것이다.


　　그게 인간이다. 시간의 흐름은 변함이 없음에도 인간은 그 시간을 구분해 놓고 정해진 의미의 광맥을 찾으려 애쓰는 것이다. 마지막 제야의 종소리, 그리고 희망찬 새해…. 그러나 모든 시간의 흐름은 그대로인 것이다. 그걸 알아챘을 때 인간은 편안한 수면을 취할 수 있는 것이다. 영원 속으로 잠들 수 있는 것이다.

이것이 나의 솔직한 새해 인사이다. 깊은 산사의 종소리가 그리운 날이다.

# 알어? 몰러,
# 몰러? 알어.

나 이 사람 잘 몰러. 매일 만나도 잘 몰러. 어제 본 듯 아님 작년에 본 듯, 그냥 그대로, 언제곤 관음처럼 빙그레 미소 짓는 그 맘 나 잘 몰러.

하지만 이것만은 알 것 같어.

이형재 이 사람, 비록 성품이 부처님 가운데 토막같아, 성깔 하나 없는 듯 비쳐보이지만, 이 사람 가슴속 가마솥엔 늘 눈바람 맞는 쇳물이 펄펄 끓고 있다는 걸 말여.

그런데 묘하지.

그 쇳물이 영 뜨겁지가 않거던? 아주 뜨겁지도 않고 차지도 않고 어머니의 젖가슴처럼 늘 따뜻하단 말이거던?

노골노골한, 무슨 엿가락 같은 그런 거란 말여. 말랑말랑한 찹쌀떡 같기도 하고 애들이 갖고 노는 찰흙 같기도 한 그런 거란 말여.
이형재는 그렇게 하루종일 놀어.
늘 애들 맘으로 놀어.


　　그는 마당에다 가슴속 쇳물을 쏟아부어선 나무도 만들고 구름도 만들고 어느 땐 빛도 만들고 언덕도 만들어. 또 어느 땐 달도 해도 만들고 이웃집 소담네 계집애 젖꼭지도 만들어.
예전엔 꿈틀거리는 것들―어찌 보면 지렁이 같기도 하고 누에 같기도 한 것들도 만들었어.
어느 때면 말여.
에밀레종 만들 듯이 제살과 제뼈를 깎을지도 몰러. 아니 지금도 그렇지 않은감?
하지만 그것들 모두, 그의 동심이 빚어낸 것 아니겠어?


　　손가락 하나로 하늘구름 삽뿍 찍어내어 얼굴에단 구리무 바르듯이 바르고, 땅의 온갖 잡것들 오줌냄새며 꿈틀꿈틀 기어가는 지렁이똥 냄새며, 또 천리 밖의 외로운 산사에서 전해 오는 그 은은한 향불냄새며를 흠흠흠 맡아, 그렇게 참고 기다리고 조물락거리고 꿈꾸어서 만들어낸 것―그것이 바로 그의 조각품인 거여, 알것어?

그것들은 모두가 그 만든 자리에서 비 맞고 바람 맞고 눈 맞아서, 풍화되어 소멸하고 풍화되어 또 다른 모습으로 환생하는 거여. 오랜 세월을, 그것들의 나무는 썩고 쇠붙이는 녹이 슬어 억겁의 세월을 침묵으로 견뎌 왔겠지. 그것들은 일 분이 십 년이 되고 한 시간이 천 년이 되어 마침내 그 억겁을 그냥 그대로 살아왔는지도 몰러.

　　　　가만히 들여다 봐.
거기에 미륵이 오고 있잖여.
가만히 귀 기울여 봐.
거기 맨 첨에 우주를 울었던 아득한 생명의 소리 들리잖여.
가만히 두드려 봐.
나뭇결에도 피가 흐르고 차거운 쇳냄새에도 강아지풀 눈 트잖여.
들려? 들려? 무슨 소리 들려?
아무 소리 안들린다구? 그렇겠지. 듣지 못하는 귀는 듣고, 들을 수 있는 귀는 듣지 못하겠지.
왠지 알어?
몰러? 그렇겠지.
안다는 건 모르는 것이고, 모르는 것은 참지혜를 눈 뜨는 초발심 같은 것이니, 모르는 게 약인 거여.
너무 꼬치꼬치 캐묻고 알려고들 들지 마.

무심인 거여. 이형재는 그냥 무심한 언덕을 선으로 그어놓고 그 위에 오롯이 앉아 팍팍한 세상을 내려다보고 있는 거란 말여.

그러니께 담배 한 대 말아피울 잠깐 참에 인생을 보고 자연의 흐름을 눈 감듯 관조하는 거겠지.

아마 이형재란 이 사람, 그 이전하곤 많이 변해 있는 듯, 아니면 어느 것 하나 변하지 않은 듯….


첫 번째 마당전에선 꿈틀거리던 벌레를 보여주더니, 두 번째 마당전에선 우주의 궁륭과 지향심 같은, 그리고 텅 빈 공간의 적요를 우리에게 보여주잖었어? 그런데 다섯 번째 마당인 이젠, 언덕과 지평과 흐르는 것과 또 다시 넘어야 태어나는 그리움의 공간들을 우리에게 들려주려 한단 말여.

생각해 보니 그건 보여주는 게 아니라 들려주는 것이여.

어찌 말하면 소리없는 소리, 그 뭐라나, 대상없는 기다림인지도 몰러. 또 어찌 보면 눈 감고 무심코, 세상 잃어버리는 건지도 몰러.

대체 이 사람에겐 예술적인 지랄병 같은, 광란의 피튀김이나 뒤틀림 같은, 무슨 증오심이나 색깔있는 끼를 통 느끼지 못하겠거던?

날카로운, 섬뜩한, 전율할, 제길 쌍욕이나 퍼부을, 찢고 부수고 거꾸로 매달아 정육점 같은 피비린내가 풍기는, 그런 환쟁이의 갈등이나 지랄같은 방황이 보이지가 않거든?

고여 있어 안으로 추스리며, 비어 있어 숨어서 보이지 않는, 건들바람조차 쐬지 않는, 엎드려 축 늘어진 쇠불알 같은 그런 거란 말여.

그 이형재란 사람 어디 갔지? 하면 그는 어느샌가 그가 빚은 나무 한 그루, 언덕 하나를 우리 앞에 슬쩍 놓아둔단 말여. 때론 꿈틀거리는 벌레로 남몰래 숨어 있다가 쉬엄쉬엄 기어가 언덕 위 흐르는 바람도 되는, 눈에 보이지 않는 그런 사람.

어찌 보면 무미건조한 듯이, 또 어찌 보면 다 깨달아 이젠 백치가 된 듯이, 썩은 나무둥치나 녹슨 쇠붙이로 남아 어디론가 날아가고픈 우화羽化의 꿈.

그래 그래.

구름이 토끼가 되고 토끼가 구름이 된다 한들 자연은 늘 그대로이고, 빛을 지닌 이가 바로 어둠이 낳은 이임을 그 누군들 알겠냐만…, 다만 한 바람 이마에 스치우는 나뭇결 향내, 그 향내가 우리의 무지를 선뜩 깨우는 소리없는 '일갈!'이 될 수만 있다면, 우린 이형재의 그 깊고 깊은 맘 한 구석 오롯이 깃든, 정열의 빛 치열한 저항정신을 어찌 아니 느끼리.

그래 그래.

이형재는 구름인 거여. 새인 거여. 그저도도 아니면 언덕인 거여.

아니면 눈이 빨간 토끼이거나.

이것들 모두가 두루두루 이형재의 맘 속에 살아 있는 거란 말여.


     알어?

     몰러.

     몰러?

     알어.


그렇지. 그래. 이젠 이형재를 쬐금은 알 것도 같구먼.

그냥 즐거운 거여. 즐거워 웃음이 나는 거여. 그 정신 그 땅을 울리고, 그 손끝 그 하늘을 빚는 거란 말여.

누가 뭐래건 이형재는 자신과 끝없이 싸우면서 즐거워하는 거란 말여.

아무리 딱딱한 돌 속이라도 오롯이 연꽃을 피우는 그런 거란 말여.


     이제 좀 뭘 알겠는감?

# 흐름

미루나무 숲 저쪽 하늘을 바라보면 뜬구름 흘러가는 것 같지만 구름 아래 미루나무가 흐른다는 걸 느끼게 됩니다. 그래서 가만히 생각해 보니 이 세상 움직이지 않는 게 하나도 없구나 이렇게 알았습니다. 모든 것이 흐른다는 걸 왜 이제 와서야 알게 되었을까요. 어쩌면 죽음에 대한 어떤 흐름을 감지한 건 아닐까요? 죽음도 삶의 한 과정임을 왜 이제 와서 알게 되었을까요.

# 증오심에 대한 생각

나와 생각이 다르면 나는 너를 증오한다. 비록 나의 친근한 이웃일망정 땅 한 뼘이라도 다투게 된다면 난 즉시 너를 증오한다. 이웃은 적이라고 당당히 말할 수 있는 증오심을 내 가슴 안에 자욱이 배양한다. 나는 정치가는 아니지만, 만약 내가 선호하는 정치가를 비난하는 이가 있다면, 그리고 만약 나와 다른 견해로 나를 몰아치는 사람이 있다면, 나는 그를 즉각 증오해 마지않는다. 나는 신념이란 이름으로 나를 튼튼히 무장하고 쾌도난마의 칼을 들어 그에게 깊은 상처를 입힐 수 있다.

나는 나 자신을 아름다워하지만 상대가 나를 아름다워하지 않을 때 나는 독성을 품은 꽃을 피운다. 증오심의 거름으로

서 말이다. 어느 시인이 말한, 팔 할의 바람이 나를 키우는 것이 아니다. 나의 아집과 나의 외곬수와 나의 집착이 나를 키운다. 내게로 향한 달콤한 말들은 다 아름답다. 내게로 향한 쓰디쓴 말들은 모두 다 저주스럽다.

저들은 나와 다르다. 나의 동아리도 아니며 나의 가족도 아니며 나의 겨레도 아니다. 오로지 나와는 서식지가 전혀 다른 패거리일 뿐이다. 다들, '우리는'이라고 말한다. 우리 가족, 우리 학교, 우리 마을, 우리 나라, 우리 겨레, 우리 가문, 우리 하느님, 우리 부처, 우리로 둘러쳐진 공간은 늘 그래서 행복하다. 우리라서 행복하다.

그런데 그 우리가 다른 이와 다르고 다른 환경과 다르고 다른 생태계와 다를 때 우리는 저들의 '우리'와 싸움을 벌이게 된다. 증오심의 미네랄을 확보한 뒤, 지상에서 영원으로 분골쇄신 저마다 우리를 위하여 전투를 벌인다. 타에 대한 증오심으로 '자신을 희생한 자'는 우리에 대한 영웅으로 대접받는다. 그리하여 동상이 세워지고 우리의 위대한 누구는 우리를 위하여 어떻게 했노라고 역사는 말한다. 그것이 배움의 역사와 교훈이 되어 대대로 DNA를 이어가게 된다. 세계는, 인류는, 그렇게 진보라는 이름으로 발전한다.

그렇게 증오심을 키우다가 그 증오심을 포장하기 위한 종교를 창조한다. 원수를 사랑하라, 라고 선지자의 이름을 빌어 무지한 자들을 다독인다. 자비심을 가져라, 라고 수행자를 통하여 무지한 자들에게 속삭인다. 그러면 모두들 그러겠노라고 손 모아 참회하고 그 위대한 말씀에 우러름을 나타낸다. 하지만, 하지만 말이다. 만약 제 겨레 신상의 털끝 한 올이라도 건드린다면, 제 겨레 우상의 신을 모욕한다면, 제가 지닌 땅덩이 한 뼘이라도 차지하려든다면, 여지없이 증오심의 경고가 발동되어진다.

생존엔, 자비심을 발휘해선 안 된다. 이건 삶과 죽음의 법칙이다. 그러므로 증오심은 기본적이고 원천적인 삶의 에너지라고 부르짖는다. 맞는 말이다. 인간이 돌이 아닐진댄. 들숨날숨을 하고 움직이는 동물의 일종이 분명할진댄. 생명을 가진 우리의 우리들은 오래도록 괴로워하고 기뻐하며 오래도록 아름다워지고 추해진다. 생명은 그렇게 우리를 꽃피우고 시들게 한다. 그래서 죽음을 두려워하여, 보다 전지하고 보다 전능한 무엇인 신을 갈구한다.

꽃들도 그럴까. 고양이도, 염소도, 늑대도 신을 갈구할까. 모든 식물들이 전능한 신을 갈구할까. 식물들도 치열한 삶의 전쟁을 치름에 있어 어찌 신이 없으랴. 어찌 절망이 없으랴. 어찌 고통과 더불어 환희가 없으랴. 어찌 시기심이 없으랴. 그리하여 나는 슬프다. 한없이 슬프고 애절하다. 아무렇지도 않은 나는 너무 사소하여 슬프고, 무엇인가가 간절해진다. 그게 무엇이든 나는 간절해진다.

그래서일까. 나는 증오한다. 아무것도 할 수 없는 신을 증오한다. 나에게 창을 들이미는 절망에 대하여 증오한다. 주변의 기쁨에 대하여 한없는 시기심을 품고 증오한다. 나는 그러므로 나를 들여다본다. 인간의 성경엔 증오하지 말라, 인간의 불경엔 마음에 부처 있으니 네 죽은 부처를 깨우라고 말한다. 신의 중개자들은 오늘도 서슴없이 회개하라고 말한다. 그래서 천국의 땅을 밟으라고 말한다.

나는 회개할 것이 없다. 나의 모든 몸은 이미 회개하기엔 너무 지쳐 있고 너무 사악해져 있다. 나는 너무 많이 타인을 시기했고 너무 많이 증오했고 너무 많이 아름다움을 버렸다. 나는 회개할 것이 없다. 단지 나는 회개하기를 멈추는 대신 나 자신을 조용히 들여다보려 한다. 나는 누구일까. 모든 철학자들이, 모든 종교인들이, 모든 수행자들이 고구하는 '나는 누구일까'를 나는 들여다보려 한다.

캄캄한 나의 내면에 무슨 '나'가 있으랴만 그래도 나만이 누릴 수 있는 죄의 씨앗이 어느 구석엔가 잠들어 있지 않을까 생각한다. 나는 사실 누군가를 증오할 값어치도 없는 사람이다. 그것이 한편으론 잠시잠깐의 기쁨을 준다. 나는 그래서 잠시 기쁘다. 그리고 곧 우울해진다. 비가 오듯이 우울해진다. '비는 수직으로 서서 죽는다'는 허만하 시인의 말처럼 나는 오로지 뻣뻣하여 오만하다. 그러므로 나는 이 땅 위에 홀로 외롭게 서서 뼈아프게 죽고 싶다.

# 시인

나는 시인이라고 불리운다. 사십 년째 나는 그렇게 불리어지고 있고, 나는 그 호칭을 즐긴다. 나는 시인이다. 한때 나는 강원도 땅에서 그리 흔하지 않은 시인으로 문인주소록에 이름을 올렸다. 그 이름 하나로도 나는 배가 불렀다. 70년 당시, 강원도엔 문단에 등단한 시인이라곤 열이 채 안 되었다. 그래서 시인이란 이름이 나는 늘 자랑스러웠다. 전국에 분포된 시인이 300명이 안 되었을 때였다. 문단에 나올 수 있는 방법이 신춘문예와 주요 문예지에 한정되어 있었으니까. 그때는 시집 하나 내기가 하늘의 별따기처럼 어려웠다.

뜻이 맞는 문인들이 모여 동인지를 만들어냈지만 고작 2,
30페이지가 고작이었다. 철필로 유지를 긁어대 등사판에다 롤
을 굴려서 인쇄했다. 수작업으로 하다 보니 잉크가 묻지 않아 글
자들이 고르고 선명하게 나오지 않았다. 그래도 마음은 늘 설레
고 가슴이 벅차오곤 했다. 서로를 격려하고, 좋은 시는 외우고,
마음에 들지 않는 시는 토론을 벌여 비판했다. 얼굴이 발개져가
며 토론하느라 밤이 새는 줄도 몰랐다. 시는 우리들의 양식이었
다. 시는 우리들의 생명이었다. 시는 아름다움이었고, 시는 삶의
희망이었다. 시는 시대의 아픔을 드러내는 환부였고, 시는 불의
를 질타하는 사자후였고, 시는 인간의 저 깊은 내면이었고, 시는
긴 역사의, 침묵의 도도한 강물이었다. 그래서 시인이 된 것이 한
없이 자랑스러웠다. 밥이 되지 않는 시를 쓰면서도 자부심은 그
누구보다 대단했다. 시인이란 이름 하나로도 존경을 받는 시대였
다. 비록 원고료가 소주 서너 병 값어치밖에는 안 되었지만.

　　시인!

　　그렇다. 나는 시인이었다. 이 나라에서 가장 아름다운 시
를 쓰고자 노력했던 한 시인이었다. 그러나 나는 어느새 시인이
란 이름이 점점 어깨를 무겁게 짓누르기 시작하는 걸 느꼈다. 나
는 이태백도 아니었고 두보도 아니었으며, 워즈워드도 아니었고

엘리엇도 아니었던 것이다. 대한민국의 김지하도 아니었고 고은도 아니었던 것이다. 나는 오직 최돈선일 뿐이었다. 나는 그저 서정시나 쓰는 시인일 뿐이었다. 초라한 나 자신의 시, 아직 젖도 덜 떨어진 나를 문단에선 거들떠도 보지 않았다. 샘터지에 내 약력을 적어 시 한 편을 보냈지만 돌아오는 건, 죄송스럽지만 다음에 실릴 기회가 있으면 좋겠습니다, 라는 거절의 편지 한 통이 전부였다.

문예지나 시지에 몇 번 이름을 올리곤 나는 사라졌다. 영원히 문단의 유력자들 기억에서 사라져 버렸다. 당시의 문학흐름은 거대한 정치적 흐름에 대한 항거의 시가 주류를 이루고 있었다. 도도한 역사적 소명을 안고 시인들은 분노와 저항을 노래했다. 그 시대의 불의와 부정과 폭압을 향해 목이 터져라 부르짖었다. 시인들은 맨 앞장에 서서 시대의 흐름을 이끌고 피를 흘렸다. 시인들은 위대했으며 당당했다. 시인들은 눈빛에 살의까지 품고 시대의 폭압정치에 항거했다. 아! 그러나 나는 그러지를 못했다. 나는 그런 눈을 가지지 못했다. 나는 집단으로 한꺼번에 몰려다니는 그런 그룹에는 익숙하지 못했다. 그럼 나는 비겁했던 것일까. 나는 졸렬한, 소녀적인 서정시나 쓰는 그런 시인이었을까. 그러나 그건 아니었다. 나도 한때 가열찬 분노의 시를 써댔다. 장편시를 지하다방에서 등사판으로 내기도 했다. 그게 정보부의 내

사도 받은 적이 있었다. 그러나 불온한 조짐의 이러한 시들을, 저 변방 한 구석에 처박혀 있는 한 시인의 시를 그 어떤 잡지도 받아주지 않았다. 나는 모든 것을 버렸다. 나는 참 많은 시를 썼으나 그런 불온한 시들과 영원히 결별을 고하고 말았다. 난 비겁했던 것일까. 겁쟁이였을까. 그랬다. 비겁했고 겁쟁이였다. 나는 정치적이지 못하고 어떤 그룹에도 익숙하지 않았다. 이것도 사실, 한낱 변명일 뿐이긴 하지만.

솔직히 나는 아무 짓도 안 했다. 나는 당시 교육대학을 중퇴하고 나서 방랑을 했으며, 방랑을 끝낸 후 시골집으로 돌아왔을 땐 피폐한 몸과 마음만이 남아 있었다. 나의 살과 뼈는 메말라 있었고, 나는 숨쉬기조차 어려운 형편이었다. 나는 일 년을 죽은 듯이 잠만 잤다. 밥 먹고 자고, 자고 일어나면 밥 먹고, 또 잤다. 나는 회복되어 살이 올랐다. 나는 살아야 했다. 부모님을 모셔야 했고, 생활을 책임져야 했다. 그래서 공무원 시험을 쳐서 면서기가 되었다. 나는 5년을 공무원으로 시골에서 살았다. 당시, 문인으로서 시골에 거처한다는 것은 거의 문단에서 제외된 아웃사이더이라는 뜻이었다. 나는 오로지 고독한 자신일 뿐이었다. 지인과의 만남도, 문인과의 교류도 없었다. 마을 출장을 나가면, 저녁 늦게야 집으로 돌아왔다. 어느 땐 동네 주민들이 건네주는 탁주 몇 사발에 취해 밤길을 걸었다. 달빛이 환하게 비치는 길을

321

사 랑 이 란 말 을 몰 래 쓴 다

나는 비척이며 걸었다. 조팝나무 하얗게 핀 시골길을. 가파른 언덕을 넘고, 소나무 밭을 지나서 개울이 흐르는 징검다리를 건넜다. 나는 당시 유행하는 남진의 '가슴 아프게'를 소리 내어 불렀고, 산은 그런 나를 침묵으로 받아주었다. 산만이 나를 어루만져주는 듯했다.

나는 철저히 소외 당해 있있나. 나는 절저히 배제되어 있었다. 나는 철저히 잊혀져 있었다. 나는 그래도 시인이었다. 내 안에서, 나는 나를 위로하고 나를 껴안고 나를 울었다. 나는 외로웠지만 그런 방법으로 나를 달랬다. 그리고 마침내 나는 한 여자를 만나 결혼했다. 그녀가 나를 위로하기 시작했다. 나는 다시 시를 쓰기 시작했다. 나는 면서기를 그만 두었다. 공부를 했다. '중등교원자격시험'을 치러 교사자격증을 땄다. 그리고 먼 남쪽 바다 완도로 발령을 받았다. 나는 국어선생이 된 것이다.

국어교사는 나를 새로운 한 사람으로 만들어주었다. 나는 마침내 선생이 되었다. 2년제인 교육대학을 무려 5년씩이나 다니고도 졸업을 하지 못한 내가, 비록 초등교원은 아니지만 중등교원이 된 것이다. 모두들 내가 선생이 되리라고는 생각지도 못했었다. 나 또한 그랬다.

80년 봄이었다. 그때 5월 광주항쟁으로 완도에서도 많은 시위대들이 몰려왔다. 밤이면 북소리가 둥둥 났고, 무장한 헬리콥터가 떴고, 경찰서 무기고에 있던 총기들을 가득 실은 배가 무기를 탈취 당할까 두려워 바다 한가운데로 떴다. 우리는 낮에도 밤에도 두건을 쓴 시위대를 보았다. 총과 죽창을 든 그들은 버스를 타고 긴 행렬을 지어 이 나라 남쪽 끝 섬 완도로 진군해 왔다. 우리 학생들은 저녁이면 이들 시위대와 함께 육지로 건너갔다. 선생들은 그런 학생들을 말리느라 이 골목 저 골목을 지켰다. 그래도 학생들은 몰래 시위대의 버스를 탔다. 아침에 나가 보면, 시위대가 버린 관광버스가 길가 논두렁에 쓰러져 있는 것을 보기도 했다. 총알 맞은 자국이 여러 군데 나 있는 것도 보았다. 완도수고는 3주 동안 휴교했다. 나는 고립된 섬에서 아무것도 할 수 없었다. 분노의 시 한 줄도, 아름다운 바다 이야기도 쓸 수 없었다. 나는 시인이 아니었다. 그저 그냥 무력한, 한 인간일 뿐이었다.

　　그러던 어느 날, 우연히 한 여성잡지를 보게 되었는데 거기엔 전도유망한 소설가로서 이 나라의 별이 된 친구가 내게 보낸 편지가 실려 있었다.

그대는 무슨 죄를 지어, 이 나라 남쪽 끝 섬 완도로 유배되어 가서, 학같이 날개를 접고 앉아 시를 쓰느냐.

이것이 그 친구가 쓴 첫머리였다. 그가 쓴 편지는 줄줄이 시였나. 난, 단지 눈물겨울 뿐이었다. 외롭고, 허망하고, 무력할 뿐이었다.

그런데 친구여. 나는 시를 쓰지 않았다. 뱃고동과 갈매기와 술, 그것이 나의 전부였다. 그리고 그해 여름 춘천으로 왔다. 나는 저 남쪽 바다 완도와는 영원히 굿바이한 것이다.

발령 받은 강원고등학교엔 소설가 두 분이 있었다. 이분들은 예전부터 나와 절친한 사이였다.

이분들과 나는 죽이 잘 맞았다. 셋이서 문예반 지도를 했다. 가을이면 대관령을 넘어 강릉으로 학생들을 데리고 갔다. 율곡제 백일장에 참여하기 위해서였다. 내가 부임하던 첫 해부터 우리 학생들이 장원을 하기 시작했다. 첫 번째로 장원한 학생은 지금 인제군 원통중학교에서 음악선생을 하고 있다. 그는 얼마 전 '아내의 수사법'이란 제목의 시집을 냈다. 그 이름 권혁소.

그의 시엔 시대를 이끄는 엄한 눈과 강한 호소력이 담겨 있다. 자기절제와 진보된 꿈이 있다. 나는 그런 그를 몹시도 사랑

한다. 또, 고등학교 때 신춘문예에 당선된 학생도 있었다. 그도 학생운동 활동을 적극적으로 하다 감옥살이를 했다. 또 어떤 학생은 너무 어리다고 하여 문예지 당선이 취소된 적이 있었다. 또 어느 학생은 오늘의 작가상에다 시를 투고하여 당선소설과 겨루다 아깝게 밀려난 학생도 있었다. 그는 얼마 후 시인이 되었다. 모두들 시인이 되어 당당히 이 나라의 유수한 시인으로 활동들을 하고 있다. 옹졸하기만 한, 나와 같은 선생 밑에서 엄혹한 현실에 항거하는 눈을 지녔던 나의 학생들은 유난히 감옥살이를 많이들 했다. 나는 그런 그들을 아주 많이 사랑한다. 내가 할 수 있는 것은 그것뿐이다.

내 첫 시집 〈칠 년의 기다림과 일곱 날의 생〉이 출간되었을 때, 학생들은 내 시를 줄줄 외워주었다. 보잘것없는 내 시를 아주 많이많이 외워주었다. 학생들은 정말 내 시가 좋아서 외운 것일까. 아니면 선생에 대한 예의상 암기를 한 것뿐일까.
문단이라는 곳에 발을 들여놓은 지 13년 만에 첫 시집을 냈을 때 나는 뛸 듯이 기뻤다. 표지가 빨간 시집이었다. 몬드리안의 빨간 네모를 오려낸 듯한 시집표지는 정말 열정적이었다. 설레었다. 눈물이 났다. 무엇이든 쓸 수 있을 것만 같았다.

그러나 그것으로 끝이었다. 나는 시를 더 이상 쓰지 못했다. 그래도 외로움은 슬며시 내게로 찾아와 나를 어둡고 긴 동굴로 데려갔다. 나는 그곳에서 눈물과 추억과 고통과 회한 속에서 아름다움을 그리워했다. 그래서 나는 에세이집 한 권을 써 낼 수 있었다. 그리고 또 시간이 마냥 흘렀다. 이제는, 내가 지도하던 문예반 학생들이 각자 사회의 중요한 일들을 맡고 있었다. 어느 날 한 제자가 나를 방문했다. 시인 전윤호였다. 그는 유명한 출판사의 편집장이 되어 있었다. 그는 유력한 문예지의 문학상을 수상한 경력의 소유자였다. 시쳇말로 쭉쭉빵빵 잘 나가는 시인이었다. 그 제자가 시집을 꾸며 주었다. 나는 표지에다 '물의 도시'란 제목을 붙였다. 지금에 와서 이 시집들은 모두 절판되어 내 시집을 구하기란 하늘의 별따기가 되었다. 희소성의 가치가 있는 보석 같은 시여서가 아니라 출판사에선 더 이상 찍어낼 상품가치를 못 느꼈기 때문이다. 물론 한 출판사는 망해 버렸기도 했고. 이 단 두 권뿐인 시집이 내 인생의 전부였고, 그게 나는 너무 부끄러웠고, 나는 그만 어디론가 숨고만 싶었다. 나는 시인일까. 육십이 넘은 나는 과연 시인이라고 감히 말할 수 있을까.

그래서 나는 시인이란 무엇일까를 생각했다. 우선 국어사전을 들춰보았다. '시인: 시를 잘 쓰는 사람'이라고 되어 있었다. 또 다른 사전엔 '시인: 시를 전문으로 쓰는 사람'으로 되어 있었다.

영영사전을 들춰보았더니 'poet: poet is a person who writes poems'. 역시 같았다. 아, 이런 게 시인인가. 시를 쓰는 사람이 시인이란 말은 맞다. 그러나 그것이 다란 말일까. 그럴 수는 없었다. 학교 다닐 때 누구나 시를 써본 경험이 있다. 숙제든 연서든 낙서이든 시를 써본 경험이 있다. 그럼 다 시인일까. 그래서 어느 사전엔 시인을, '시를 전문으로 쓰는 사람'으로 정의하여 시인을 좀 더 다른 존재로서 인식하려 했던 것은 아닐까.

　나는 곰곰이 생각해 보았다. 문단에 나온 지가 40여 년이 넘었지만 나는 시인이란 칭호에 대하여 심각하게 고민해본 적이 없었다. '최시인' 하고 남이 부르면 나는 당연히 그 호칭을 받아들였다. 이제 와서 나는 나를 부끄러워한다. 나는 단 두 권의 시집을 냈을 뿐인, 아주 빈약하고 게으르고 영감inspiration도 없는, '한낱 시를 끄적여 본 사람'에 불과하다는 것을 깨달았다. 이제야, 예순이 넘어서야, 그걸 알았다.

　그렇다면 진정한 시인이란 무엇일까. 그건 대체 어디서부터 오는 것일까. 이 원초적인 질문이 나를 한없이 괴롭혔다. 아, 늙어서 이 무슨 모욕이란 말인가. 나는 시인이 아니었다. 나같이 시를 쓰는 사람은 시인이란 칭호를 붙여서는 안 되었다. 친구여. 제자들이여. 아내여. 나의 아들딸들아. 나는 시인이 아니었음에도 시인이란 칭호로서 살았다. 내 인생을 뻔뻔스러움으로, 가짜로, 사기꾼으로 살았다. 미안하다. 나는, 그대들에게 미안하고 부끄럽다.

시인이린 울림을 주는 사람이어야 한다고 나는 믿고 있다. 시는 넋두리가 아니요 잘 덧칠한 그림이 아니라고 나는 믿고 있다. 시는 진실한 목소리기 담거진 울림이요 메아리라고 나는 생각하고 있다. 아무나 시인이 되는 것이 아니다. '시만 잘 쓰면 시인인 줄 알았다'고 뉘우친 박기동 시인의 시는 그래서 아팠다.

나는 시를 접기로 했다. 아니 내가 시를 쓰지 않는 것은 이미 일상화되어 있었다. 그러니까 굳이 시인이랄 것도 없고, 굳이 글을 절필한다는 선언을 무슨 유명 작가처럼 할 필요조차 없었다. 그냥 안 쓰면 그만이었다. 나는 그것으로 다인 줄 알았다.

그러던 어느 날, 나의 둘도 없는 친구가 내게 말했다. 그는 대한민국에서 가장 잘 나가는 소설가였다. 그는 아마 내 웅크림이 안타까웠던 모양이다.
"네 시집이 서점에 없어. 어디서도 볼 수가 없어. 시집 내자." "나, 시 안 쓴다, 이제."
"쓴 거 없니?"

"없어."

"그럼 옛날 시집에서 뽑자. 서정시만."

친구가 말했다.

"서정시만."

친구는 내게 서정시만이라고 했다. 난 다른 건 쓴 기억이 없다. 그저 그립고 쓸쓸하고 애매모호한 서정시만 썼을 뿐인데, 친구가 굳이 서정시만이라고 강조한 이유는 무엇일까. 그리고 몇 달이 흘렀다. 어느 여름날, 친구가 네이버 검색창에 '최돈선'을 쳤다. 아, 거기엔 '최돈선'이란 이름의 시들이 줄줄이 달려 나왔다. 이름도 모르는 이들이, 대체 어디서 나의 시들을 이렇게나 많이 올린 것일까. 친구도 놀랐고 나도 놀랐다. 나는 영원히 잊혀진 존재인 줄 알았다. 나는 세상을 등진 줄로만 알았다. 까마득히 잊힌 채 나는 한 줌 재로 사그라진 줄로만 알았다. 쓰는 이에겐 망각처럼 무서운 것도 없다는 말이 있지만 나는 사실 그게 두려웠다. 나는 인터넷도 하지 않았고, 트위터도 하지 않았고, 블로그도 하지 않았다. 나는 이 세상을 외면했다. 나는 아웃사이더였다. 나는 웅크린 고슴도치였다. 나는 백치 같은 존재였다. 그러나 뭔가 내겐 알 수 없는 그리움이 있었다. 그 뭔가의 실체는 사실 뚜렷한 것이 아니었다. 그래도 그 뭔가는 항상 나를 쳤다. 몸과 영혼이 가끔씩 그 때문에 울렁였다. 하지만 그게 무엇인지는 지금도 알지를 못한다.

329

단지 나는 나를 사랑하는 분들이 반드시 이 땅 위엔 존재한다는 걸 알았을 뿐이다. 나는 내가 해야 할 일이 무엇인가를 생각해 보았다. 그랬다. 나는 뭔가를 해야 했다. 나의 시를 스무 편 이상씩 외워대는 분들을 위하여, 아니 단 한 편의 내 시를 읽는 이들을 위하여 나는 써야만 한다는 걸 알았다. 이 절체절명의 순간에 나는 회생한 거나 다름이 없었다. 친구는 나의 구원자였다. 블로그에 내 시를 올린 이들은 나의 희망이었다. 여기, 블로그에 가장 많이 올라 있는 시 한 편을 적는다.

지금은 이름조차 생각나지 않는 얼굴이
비 오는 날 파밭을 지나다 보면 생각난다.
무언가 두고 온 그리움이 있다는 것일까.
그대는 하이얀 파꽃으로 흔들리다가
떠나는 건 모두 다 비가 되는 것이라고
조용히 조용히 내 안에 와 불러보지만
나는 사랑이란 말을 하지 않았다.
망설이며 뒤를 돌아보면서도
입 밖에 그 말 한 마디 하지를 못했다.
가야할 길은 먼데
또 다시 돌아올 길은 기약 없으므로
저토록 자욱이 비안개 피어오르는 들판 끝에서

이제야 내가 왜 젖어서 날지 못하는가를
알게 되었다.
어디선가 낮닭이 울더라도 새벽이 오기에는
내가 가야 할 길이 너무 멀므로
네가 부르는 메아리 소리에도
난 사랑이란 말을
가슴 속으로만 간직해야 했다.

- 〈나는 사랑이란 말을 하지 않았다〉


　　나는 한 가지의 소원을 가지고 있다.
나는 이 땅에 딱 세 권만 시집을 남기고 이 세상을 하직하고 싶다. 그뿐이다. 이제 딱 한 권의 시집이 남았다. 물론 시월에 나오는 서정시 모음은 가려 뽑은 것이기에 열외로 한다. 새롭게, 나의 내면을 울리는 메아리 같은 시를 쓰고 싶다. 아, 그러나 그것이 정말 이루어질 수 있을까. 어쩌면 희망만 품은 채 슬프게 장막을 내릴지도 모른다. 그리고 쓸쓸히 무대 뒤로 퇴장하게 되는지도 모른다. 나는 지금 백치로 있다. 나의 여백은 온통 두려움과 그리움과 절망으로 가득 차 있다. 정말 나는, 이 땅의 진정한 시인으로 기억될 수 있을까. 하지만 세상일이란 마음먹는 대로 되는 일이 아니다. 내 능력 바깥에 있는 것은 어쩔 수가 없다. 어쨌든 나는 소원할 뿐이다. 나는 나의 길을 갈 뿐이다. 영혼을 부르는 시인이 되고파서.

　나의 시에 이런 시가 있다. "영혼이 배고픈 새는 아침이 되자마자 이슬꽃이 되어 스러진다 한다. 나는 그 영혼이 배고픈 새의 이름만 들어도 가슴속에 종이 울린다."
그렇디. 나는 '영혼이 배고픈 시'의 이름만 들어도 가슴속에 종이 울리는 시인이고 싶다.